博多豚骨ラーメンズ10

木崎ちあき

イラスト／一色 箱

Happy
Halloween

博多豚骨ラーメンズ

HAKATA TONKOTSU RAMENS

10

始球式

「――それでは、馬場《ばんば》の退院を祝して！」

ご機嫌な声色で乾杯の音頭を取ったのは、背広姿の男――重松《しげまつ》だ。笑顔で生ビールのジョッキを掲げている。

あちこちで「乾杯！」とグラスをぶつけ合う中、

「退院祝いって、先週やったばかりじゃね？」

と、林憲明《リンシェンミン》の不服そうな声が聞こえてきた。

「お前ら、飲み会やりすぎだろ」

まだ包帯は取れていないらしいが、馬場善治《ぜんじ》はとっくに退院していた。すでに快気祝いとして、チーム全員で焼肉を食べに行っている。結局、馬場の退院を祝して、というのはただの口実に過ぎない。彼ら皆、ただ単に集まって馬鹿騒ぎしながら酒を飲みたいだけなのだ。

十月下旬の、福岡《ふくおか》の街もすっかり涼しくなってきた頃合い。今夜の豚骨ナインは警固《けご》にある焼き鳥屋に集まっていた。人気《ひとけ》のない路地に店を構える隠れ家的な一軒で、店内には四席のカウンターとテーブル席が二つだけ。チームのメンバー全員で押しかけるといっぱいになってしまうほどの、こぢんまりとした店である。

実を言うと、ここは榎田《えのきだ》の行きつけだ。

仲間には内緒でこっそり通っていた。ひとりで店を切り盛りする中年の店主と時折言葉を交わしながら、カウンター席で料理に舌鼓を打つのが、榎田のひそかな楽しみだった。人が少なく、落ち着いた雰囲気も気に入っていた。本当は誰にも教えたくなかったのだが、ジローに「榎田ちゃん、いい店知らない？」と訊《き》かれ、うっかり口を滑らせてしまったのだ。

その結果が、これだ。

店内にはナインの賑《にぎ》やかな声が響き渡っている。隠れ家という雰囲気はさっぱり消え去ってしまい、まるで大衆居酒屋のような騒がしさだ。

「まあまあ、リンちゃん。そげん言わんと」

「言うだろ。飲み会係数が高すぎんだよ」

「馬場ちゃんの退院はおめでたいんだから、何度祝ってもいいじゃない」

「そうだそうだ」マルティネスも加勢する。「固いこと言うな」

「お前らは馬場に甘いんだよ」林は唇を尖《とが》らせた。「だいたいお前、病み上がりだろうが。なに普通にビール飲んでんだよ。水飲め、水」

「つーか、馬場さん、怪我《けが》はもう大丈夫なんすか」と、大和《やまと》が豚バラ串に嚙《か》みつきながら尋ねた。

重松が眉をひそめて言う。「結構ざっくりいってたもんなぁ」

例の事件で馬場は腹部を刺されていた。出血も酷《ひど》く、手術は大掛かりなものとなった。命があって何よりである。

「こいつ、おとなしくしとかねえから、すぐ傷口開くんだよな」

「やだ、大丈夫？　お腹《なか》からビール流れ出てない？」

盛り上がる仲間を横目に、榎田は移動し、カウンター席に腰を下ろした。厨房《ちゅうぼう》でせっせと働いている店主に声をかける。「橋爪《はしづめ》さん、ごめんね。大人数で押しかけちゃって」

常連のよしみで店を貸し切りにしてもらったが、十人分の料理や酒をひとりで給仕するのは大変だろう。忙《せわ》しなく手を動かしながらも、店主の橋爪は嫌な顔ひとつせず答えた。「いえいえ、嬉《うれ》しいですよ。こんなに賑やかなのは久しぶりで」

「そう？　それならよかった」

「……それに」と橋爪が付け加える。「こんな機会、もう二度とないですからね」

そう言うと、彼は寂しげな視線を店の壁に向けた。その方向を目で追えば、一枚の張り紙があった。『閉店のお知らせ』と書かれている。

榎田は思わず「えっ」と声をあげてしまった。

「橋爪さん、店閉めちゃうの？」

「ええ、そうなんですよ」追加のビールを注ぎながら、橋爪は申し訳なさそうに眉を下げた。「このご時世、なかなか上手《うま》くいかなくてですね」

急遽《きゅうきょ》、今月末に閉店することになったそうだ。

「残念。この店気に入っていたのに」

榎田は珍しく肩を落とした。こんなことなら秘密になどせず、もっと周囲に勧めて売り上げに貢献すればよかったな、と思う。今さら後悔したところで遅いということはわかっているのだが。

榎田がひとりしんみりとビールを呷《あお》っていたところ、

「──そうそう」と、ジローが唐突に声をあげた。「みんなにお知らせがあるの」

手を数回叩《たた》いたジローに、いったい何事だとナインの視線が集まる。ジローは満面の笑みで告げた。

「来週、ハロウィンでしょ？　だから、うちの店を貸し切りにしてハロウィンパーティをしようと思ってるの」

「ハロウィンって、いつだっけ？」

首を傾《かし》げる林に、重松が答えた。「十月三十一日だ」

「みんな、ちゃんと仮装してきてね」

また飲み会の話だ。今度はハロウィンを口実に集まるつもりらしい。

「仮装げな。どんな格好しよっかいな」

「お前は留守番だぞ」

「えー」

「そういえばジローさん、もうすぐ誕生日でしたよね？」

「そうなのよ。何歳になるかは訊かないでちょうだい」

「三十一歳だよ」

「ミサちゃん、言わなくていいの」

しばらくして、重松がカウンターに移動してきた。

「……ハロウィンか」榎田の隣に腰を下ろし、嫌そうな顔で呟《つぶや》いた。「ハロウィンには、いい思い出がないな」

「そうなの？　なんで」

「若い頃は、警固公園に集まった馬鹿共の取り締まりに駆り出されて、毎年大変だったんだよ」

「あー……」

それは気の毒な話だ。榎田は心から同情した。

ハロウィンの夜は警固公園に大勢の若者が集まるため、例年警察が出動する騒ぎになっている。中には愚かな行動を起こす者もいて、毎年のように逮捕者も出ていた。

「今年は平和に終わるといいね」

来る三十一日に思いを馳《は》せながら告げると、重松はやさぐれた顔で「まったくだ」と答えた。

1　回表

客が帰ったのは夜の十時半頃だった。

橋爪は暖簾《のれん》を下げ、店を閉めた。久々の団体客への対応ですっかり疲れてしまっていたが、悪くない疲労感だった。やはり、忙しいというのはいいなと思う。暇な日に比べれば、何倍も充実した気分になれる。

十人分の料理の洗い物を片付けてから、橋爪はカウンターに腰を下ろした。しんと静まり返った店の中で、ため息をつく。

——いったいこれから、どうすればいいのだろうか。

独りになると、いつも考えてしまう。先の見えない未来のことを。

ふと、壁に目を向ける。『閉店のお知らせ』——その一文が、橋爪の心に暗く影を落とした。

この店とも、今月でお別れか。

心にぽっかりと穴が空いたような感覚だった。これほどの虚無感や喪失感を味わうのは、あの日——十年前の、妻と子どもを亡くした日以来のことだ。

カウンターに並んでいる焼酎のボトルを手に取り、グラスに注ぐ。酒を呷りながら、橋爪はこれまでの日々に思いを馳せた。

振り返れば、幸せとはいえない人生だった。

愛する家族を交通事故で亡くし、失意のどん底にいた橋爪は、このままではいけないと自分を奮い立たせ、脱サラしてこの焼き鳥屋を始めた。

家庭を失った橋爪にとって、この店が唯一の生きがいだった。やっと見つけた心の拠《よ》り所《どころ》だった。自分の時間も金も、すべてをここに捧《ささ》げてきた。

それなりに常連客も付き、細々とやってきたが、今年に入ってから世界的な不景気の煽《あお》りを食らい、店を続けることは厳しい状況になった。

神様はどこまで自分に試練を与えるのだろうか。存在するかどうかもわからない相手の意地の悪さを呪うことしか、今の自分にはできなかった。どうしても金策の目処《めど》が立たず、結局、店は閉めざるを得なかった。

グラスを揺すりながら、橋爪は自問する。

——このまま生きていて、何の意味があるだろうか？

店は十月いっぱいで畳む。だったら、自分の人生も、この大事な店とともに畳んでしまっていいのではないか。そう思った。

もし、と考えてしまう。もし、妻と娘が生きていたら、この状況でも乗り越えられたのだろうか。もう少し頑張ろうと奮起できたのだろうか。

すべてに疲れていた。もう、なにもかも終わらせてしまいたかった。

孤独は人を殺すのだと、身をもって思い知った。

薬が切れ、苛立《いらだ》ちが募りはじめる。落ち着かなくなり、そわそわする。こうなってしまうと、もうどうすることもできない。襟足の伸びた茶色い髪を乱雑に掻《か》きむしり、早川《はやかわ》は小刻みに震える掌《てのひら》でスマートフォンを弄《いじ》った。

電話をかける。相手は麻薬の売人だ。顔も本名も知らない。知人に紹介された相手だ。知っているのは連絡先の電話番号と、この界隈《かいわい》では『ジェイ』というあだ名で通っていることだけ。

だが、それで十分だった。

目当てのものさえ手に入れば、それでいい。

数秒待ったところで、相手が電話に出た。

『なんだ』

と、ジェイの嗄《しゃが》れ声《ごえ》が聞こえてくる。

「俺だけど」早川は答えた。「薬、また欲しいんだけどさ」

『今度は何がいいんだ？』

早川は質問を返した。「おすすめは？」

『今は、白い粉もあるが、茶色い粉もある』

「茶色？」

『ブラウンシュガーだ』

ブラウンシュガー――西アジアで作られているヘロインの一種が、最近福岡に入ってきたそうだ。あまり質のいい商品ではないが、比較的安価で、万年金欠の自分にはもってこいの一品だった。「いいね、それをくれ」と早川は頷《うなず》いた。

商品の受け渡し方法は、基本的に相手が指定する。必ず、代金は先払いだ。封筒に万札を入れ、天神《てんじん》地下街にあるコインロッカーに入れる。その鍵を、同じく地下街にある男性用トイレの個室に隠す。場所はいつも決まっている。それが終われば、あとは相手の連絡を待つのみ。

ジェイの手下がそれを取りに来て、支払いの確認ができると、彼らは商品を用意してくれる。キャバクラのボーイとして働く早川には、そこまでの大金を用意できるわけではない。今回はブラウンシュガー50グラムが精一杯だった。

商品の受け取りは、西通りにある【10thousand】という名のナイトクラブ。十五周年を迎える老舗だが、近年は治安が悪化し、店は麻薬売買の温床になっていた。

勤務を終えた早川は、すぐにキャバクラからそのクラブに移動した。店に入ると、ダンスフロアやバーカウンターには目もくれず、真っ先にトイレへと向かう。そして、いつものように奥の個室に入った。

トイレのタンクの蓋を開け、貯《た》まった水の中に手を突っ込む。ちょうどオーバーフロー管の隙間あたりに、密閉されたビニール袋が挟まっている。袋を引き上げ、防水の包みを解くと、中から茶色い粉末が現れた。

トイレの便座に腰を下ろし、粉末の一部を鼻から吸引する。

しばらくすると、強烈な感覚が全身を駆け巡った。興奮と快楽。包み込まれるような幸福感。この瞬間こそが、早川が唯一、「生」を感じられる時間だった。

1回裏

「……暇やねえ」

窓の外を眺めながら、馬場がぼそりと呟いた。

博多《はかた》駅の筑紫《ちくし》口から歩いて十数分の距離にあるテナントビル。その三階――馬場探偵事務所の窓からの景色はお世辞にも風情があるとはいえないが、馬場は先刻からぼんやりと外を眺めては、しつこいほどに暇だ暇だとぼやいていた。

なにを今更、と思ってしまう。この探偵事務所は基本的に暇だ。客なんて滅多にこない。

時刻は午後二時過ぎ。林はソファに寝そべり、暇つぶしにファッション誌の今月号に目を通している最中だった。冬のアウター特集が組まれている紙面から顔を上げ、窓辺に佇《たたず》む男に視線を移す。

「そんなに暇なら野球でも観《み》てろよ。今日って日曜だから、デーゲームなんじゃねえの？」

と言った直後に、林は「しまった」と思った。

失言だった。

時すでに遅し。事務所内の空気が一瞬で凍り付いた。馬場がこちらを振り返り、虚《うつ》ろな目で答える。「……今は日本シリーズ中なのでナイトゲームです」

「そ、そうだったな」

すっかり忘れていた。馬場の中では、プロ野球のシーズンがとっくに終了していたことを。

彼が応援している福岡のプロ野球チームは今年、リーグ優勝を果たした。それも二位のチームに7ゲーム差をつけ、圧倒的な強さを見せつけていた。まったく危なげのない優勝だった。

愛するホークスの優勝に、馬場も大喜びだった。毎日うざったいほどに浮かれていて、しょっちゅう球団歌を口ずさんでいた。あまりにうるさいので、「お前『それゆけ何とか軍団』歌うのやめろよ」と林が注意すると、馬場は「『いざゆけ若鷹軍団《わかたかぐんだん》』ですぅ」と腹立つ顔で言い返してきた。

ところが、馬場がご機嫌でいられたのは、その頃までだった。

迎えたクライマックスシリーズ（通称ＣＳ）――リーグ成績上位の三球団がトーナメントで戦い、セ・パそれぞれのリーグから日本シリーズに出場するチームを決める試合――で、なんとホークスは千葉のチームに四連敗し、まさかのシリーズ敗退を喫してしまったのだ。

試合終了後の馬場は放心状態だった。その後の落ち込みようも酷く、数日間は抜け殻のようになっていた。「ＣＳは呪われとる」と、まるで古い言い伝えの祟《たた》りに怯《おび》える田舎の村人のように、何度も譫言《うわごと》を呟いていた。

現在、開催されている日本シリーズでは千葉と大阪のチームが戦っている。馬場は「絶対観らん」と宣言していたし、スポーツニュースで試合の話題が流れる度にテレビの電源を消していた。今の馬場にプロ野球の話題は禁句なのだ。

『ホークス優勝おめでとう』セールをする気満々だった福岡の街は只今《ただいま》、絶賛『ホークス感動をありがとう』セール中だ。街のあちこちで『いざゆけ若鷹軍団』が流れている。期間中に天神へショッピングに行ったところ、新作の冬物のコートが三割引きで買えた。買い物好きな林にとっては喜ばしいことなのだが、傷心中の馬場には酷だったようだ。荷物持ちとして同行していた馬場は、爆音で流れている球団歌を耳にした途端、死んだ魚のような目をして黙り込んでしまった。デパートだろうとスーパーだろうと、どこに行っても同じ曲が流れているので、もはや逃げ場がなかった。気分転換がてら、たまには外に連れ出してやろうという林の親切心は裏目に出てしまい、馬場の傷口に塩を塗る結果となった。

　傷口といえば、先日手術をした馬場は何度か傷口が開いたものの、無事に退院することができた。怪我はだいぶ良くなったが、まだ包帯が外せない状態だ。暇つぶしにバッセンでも行ってこいよ、とは言えないのが悩ましいところである。手を抜くことができないこの男のことだ、バッティングセンターに行けば張り切って全球フルスイングするだろう。また傷口が開きかねない。

　馬場は再び外を見つめ、

「あのカラス、昨日も来とったね。この辺に巣でも作っとるっちゃろか」

「スズメってまんまるしとって可愛かねえ」

「鳩《はと》って人間が怖くないっちゃろか？」

　――などと、独り言なのかこちらに話しかけているのかわからない言葉を発している。暇を持て余すあまり、とうとうバードウォッチングを始めたようだ。

　そのうち日本野鳥の会に入るなどと言い出すのではないか、と林が余計な心配をしてしまった、そのときだった。事務所のドアを遠慮がちにノックする音が聞こえてきた。

来客のようだ。待ってましたとばかりに馬場は勢いよく振り返った。まるでゲストを招き入れるバラエティ番組の司会者のようなテンションで、扉に向かって「どうぞ！」と声を弾ませる。

現れたのは、四十代後半くらいの女性だった。彼女は上品にお辞儀をすると、ブランド物のバッグから名刺を取り出した。所作や身なりからして、金持ちらしい匂いを感じるな、と林は思った。

名刺は馬場が受け取った。嬉々《きき》として応接用の椅子へと案内し、飲み物を差し出してから、依頼人と向かい合って座る。林も隣に腰を下ろし、ローテーブルに置かれた名刺を覗《のぞ》き込《こ》んだ。名前は、春日康江《かすがやすえ》と書かれていた。美容系のサロンを経営しているようだ。

ブランド品に身を包んだ経営者。正直、恵まれた生活を送っているようにしか思えないが、外から見ただけでは実生活までは計り知れない。いったい彼女は私立探偵にどんな相談を持ちかけるつもりなのだろうか。

馬場が用件を尋ねると、康江は「実は」と徐《おもむろ》に口を開いた。

「最近、娘の行動が怪しいんです」

康江の話によれば、彼女の夫も実業家だという。それも、この街で結構有名な会社を経営していた。林でさえも名前を知っているような大きな企業だった。

夫との間には大学生の娘がいるらしい。今回の依頼内容は、その娘——春日清美《きよみ》の素行調査だった。

「怪しい、といいますと?」

と、馬場が前のめりになった。暇を持て余してやさぐれていたところに舞い込んできた久しぶりの仕事だ。依頼人が引くほどに目を輝かせている。

「娘には、月に三十万円ほどの小遣いを与えています」

という依頼人の言葉に、馬場と林は揃《そろ》って仰天してしまった。

いくら社長夫婦の娘とはいえ、三十万もの額を渡してしまうのは如何《いかが》なものかと思う。

隣の馬場が、

「……俺、高校生の頃のお小遣い、月二千円やったばい」と、依頼人に聞こえないくらいの声量で囁《ささや》く。

「俺なんか小遣いもらったことねえよ」

林も小声で返した。

二人を余所《よそ》に、依頼人は話を続ける。「……ですが、半年ほど前から、お金をせびるようになったんです」

それのどこが怪しいんだろうか。林は心の中で思った。

「それのどこが怪しいんだ？」

だが、心の中に留《とど》めておけないのが自分の性である。気付いたときには、思ったことをそのまま口に出してしまっていた。

「裕福な家庭で甘やかされて育った社長令嬢が、ただ単に金遣いが荒いってだけの話だろ。探偵に相談するほどのことか？」

率直な疑問をぶつけると、依頼人より先に馬場が眉をひそめた。失礼なことを言うなと林を視線で制してから、笑顔で告げる。「すいませんねえ。どうぞ、気にせず続けてください」

林はソファにふんぞり返り、口を閉じて依頼人の話に耳を傾けた。

「帰りも遅い日が多くて、最近は外泊も増えたんです。本人は『教育実習で忙しいから』とか、『友達の家の方が学校から近いから、泊まらせてもらってる』なんて言っているんですが、どうにも怪しくて……」

「たしかに」うんうん、と馬場が頷く。「それは怪しいですね」

もう大学生なんだから別にほっといてやればいいのに、と林は思ったが、今度は口に出さなかった。どうやら依頼人は、娘が悪い連中と付き合っているのでは、と心配しているようだ。

「ご安心を」と、馬場が胸を張った。「しっかり調べてまいりますので、うちの事務所にお任せください」

詳細のヒアリングを終え、諸々《もろもろ》の手続きを済ませた。調査費用を説明してから、書類にサインをもらう。康江は金に糸目は付けないタイプらしい。結果を出してくれたら費用はいくら掛かっても構わないと言い残し、事務所を去った。経営者の金持ちらしい発言だな、と林は思った。

「この件は俺がやるから」

林が記入済みの書類を取り上げると、

「えー」馬場が頬を膨らませた。「俺もそろそろ仕事がしたかぁ」

「まだ包帯取れてないだろ」

「大丈夫、大丈夫。無理はせんけん」

本当に大丈夫なんだろうか。信用ならない。

とはいえ、このまま事務所に置いておくのも、それはそれで不安だ。この男のことだから、このままバードウォッチングしながらおとなしく待っているはずがない。今の彼は暇を持て余し、爆発寸前の状況だ。どんな無茶をするか知れたものではなかった。目を離した隙に、バッティングセンターでバットを振り回したり、ふらふらになるまで中洲《なかす》の街を飲み歩いたり——なんてことをされたら大変だ。

わかった、と林は渋々頷いた。今回は大目に見ることにしよう。「仕事は分担してやる。でも、無茶はすんなよ。いいな？」

「はーい」と、馬場は満面の笑みで返事をした。「復帰戦、楽しみやねえ」

毎度のことながら、情報提供者との密会はかなり神経を使うものだ。後を付けられていないかと周囲を警戒し、電車を乗り継ぎ、あえて遠回りをして約束の場所へと向かう。今日の待ち合わせは、天神地下街にある外資系のカフェを指定されていた。土日はほぼ満席状態が続くような店だが、平日の午前中は比較的空いているようだ。ホットコーヒーを注文し、窓に面したカウンター席に腰を下ろす。

しばらくすると、男が現れた。帽子を深く被《かぶ》っている。男は二つ離れた席に座ると、ハロウィン期間限定のドリンク——成人男性の一日の摂取カロリーをこの一杯で賄えるのではないかと思うほど大量のホイップクリームが載っている——をテーブルの上に置いた。

「お待たせしてすみません、オルテガ捜査官」と、男は前を向いたまま告げた。「三号線が混んでいたもんで」

　リカルド・聖也《せいや》・オルテガ——それが自分の本名だが、この国でその名を呼ばれることは極めて稀《まれ》なことだった。アメリカ麻薬取締局《DEA》に所属している以上、アンダーカバーな任務が多く、必然的に本名を名乗る機会が少なくなるのだ。

「捜査官はやめろ」リカルドは声を潜めて返し、隣でホイップクリームに口をつけている男を横目で睨《にら》んだ。「見ているだけで胸やけしそうだ」

　この男は、リカルドが飼っている情報源のひとりだ。歳《とし》は二十代後半。名前は『武《む》藤《とう》』と名乗っている。おそらく偽名だろう。本名だとしたら、甘党なのに武藤という名は皮肉だな、とリカルドはどうでもいいことを考えてしまった。

　武藤は元々麻薬の売人だった。麻薬業界からすでに足を洗ってはいるが、古巣の噂《うわさ》は嫌でも耳に入ってくるようで、今でもこの街の麻薬事情に精通している。金さえ払えば、相手が誰だろうと有益な情報を寄こしてくれる。

「そういえば、こないだのロス・エセスの一件」武藤が小さく笑った。「お手柄でしたね、捜査官」

ベラクルス・カルテルの後身であるロス・エセスが福岡に上陸したのは、ほんの数か月ほど前のことだ。メキシコ系アメリカ人と日本人のハーフというアジア系にも中南米系にも見える容姿を生かし、この地に派遣されていたリカルドは、ロス・エセスの大麻密輸を阻止し、幹部数名を逮捕するという功績を上げた。

だが、これでお役御免というわけではなかった。

「そんなことより」いつまでも勝利の余韻に浸っている場合ではない。リカルドは素っ気なく返した。「次の仕事だ」

先日、当局が目を付けている中東系の組織が、福岡の暴力団に麻薬を流しているという情報が入った。そのため、現在この街に駐在しているリカルドが捜査に乗り出すことになった。

だが、一向に手掛かりが摑《つか》めず、捜査は難航している。なにか情報を持っていないだろうかと、リカルドはこの武藤を呼び出した、という次第だ。

本題に入ろうとしたところ、

「体に悪いものって、美味《おい》しいですよね」

　不意に、武藤がそんなことを言い出した。

「砂糖とか、特に」

　飲み物の話かと思いきや、違うようだ。武藤は透明の小さな袋を取り出すと、さりげなくリカルドの方へと滑らせた。

　袋の中身は茶色の粉末。通称『ブラウンシュガー』――ヘロインの一種である。

　一瞬、大きく目を見開いてから、

「どこで手に入れた？」

　と、リカルドは低い声で問《と》い質《ただ》した。

　成分を分析しないことには断言できないが、これは現在、リカルドが追っている組織が売りさばいている商品と同じ物である可能性が高い。そもそもブラウンシュガーを扱っている組織は、今この福岡には他にいなかった。

「高校生が持ってました」

　どういうことだ、とリカルドは尋ねた。「高校生だと？」

「ブラウンシュガーを売ってる人物の情報を得たので、客のフリをして接触してみたんです。取引場所はゲームセンターでした。相手はマスクで顔を隠していましたが、学生服姿でした。校章を見れば、どこの生徒かすぐにわかりましたよ」

馬鹿ですよね、と武藤が嗤《わら》う。

「……まさか、高校生がヤクをバラまいてんのか？」リカルドは顔をしかめた。「世も末だな」

本国アメリカでは、パーティドラッグに手を出す高校生も少なくないが、今の日本ではあまり聞かない話だ。

「その高校、どこにあるんだ？」

情報料の万札を数枚取り出し、リカルドは尋ねた。

「……なんつーか、見るからにお嬢様って感じだな」

康江の娘――春日清美の写真を眺めながら、林は呟いた。

馬場のデスクにあるパソコンを開き、フルネームで検索したところ、すぐに清美のSNSのアカウントを発見した。黒髪のストレート、ロングヘア。二重で、黒目がちな垂れ目。自撮りの写真がアカウントにたくさんアップされていて、少し調べただけで彼女の特徴を簡単に知ることができた。清美はどうやら清楚《せいそ》で女性らしい服装が好きらしい。ロングスカートやワンピース姿の写真が多めだった。

友達と写っている写真も少なくない。ここから交友関係も割り出せそうだ。林は友人の名前やアカウント名をメモ紙に書き連ねた。

その他にも、行きつけのカフェやレストラン、美容室など、ありとあらゆる情報がそのアカウントから手に入った。

「この女、個人情報ダダ洩《も》れじゃね？」と、さすがに林も心配になってくる。「キノコじゃなくても調べられそうだぜ」

清美は市内の大学の教育学部に通っていて、現在は三年生。教育実習の真っ最中らしい。実習先は西区にある私立高校だと、依頼人は話していた。

今回の依頼の内容は清美の素行調査だ。家に帰ってくるまでの間、どこで何をしていたかを事細かに調べなければならない。仕事は張り込みや尾行が主になるだろう。それに加えて、友人・知人からの情報収集も欠かせない。やることがいっぱいだ。

さて、なにから手をつけようか。

林が頭の中で計画を立てていると、

「――ねえねえ、リンちゃん。見て、見て」

と、馬場の弾んだ声が聞こえてきた。

何事かとパソコンから顔を上げると、得意げな表情をした馬場が立っていた。彼の姿を見て、林はぎょっとした。

「……なんだ、その格好」

馬場は、なぜか学生服を着ていた。黒い詰襟に黒いズボンを身にまとっている。そんなもの、いったいどこから引っ張り出してきたのか。

「どげん？　似合う？」

「なんでそんな服持ってんだよ」

「俺の高校時代の制服。なんか捨てきらんで、ずっと取っとったっちゃん」

姿見の前に立ち、「懐かしかぁ」と馬場は青春の思い出に浸っている。

そんなことより、三十手前の男が、どうして急にそんな格好に着替えているのだろうか。わけがわからない。

直後、はっと気付いた。林はすぐにインターネットのブラウザを開き、清美の教育実習先である私立高校の名前を検索した。そこで出てきた学校のホームページで、今度は制服のデザインを調べる。黒色の学ランを身にまとった学生の写真がサイトにたくさん載っていた。

この高校の制服は、馬場が着ているものと同じようなデザインだった。もしかして、と嫌な予感を覚える。

「……お前まさか、高校に潜入する気か？」

すると、馬場は笑顔で頷いた。「そうよ」

嫌な予感が的中してしまった。林は心の中で頭を抱えた。

「いい考えやろ？」

どこが、と思った。「どこが」

林の率直な感想を無視し、馬場は姿見の中の自分を見つめた。ズボンのポケットに手を突っ込んでは、鏡に向かってキリッとした表情を作っている。「まだまだいけるやん、俺」と、ご満悦だ。

——いや、無理あるだろ。

三十手前の男が学ランを着たところで、ただのコスプレにしか見えない。なにを根拠に「いける」と思ったのだろうか。

「やめとけ、絶対」

「なんでよ」

林が呆《あき》れ顔《がお》で「バレて警察沙汰になるのがオチだぞ」と忠告すると、馬場は不満そうな表情を浮かべた。

2回表

自ら命を絶つには、どういう方法が最適なのだろうか。

自殺を決意したあの夜から、橋爪はずっと頭を悩ませていた。自宅のリビングでノートパソコンを開き、『自殺　方法』などと単語を入力して検索しはじめてから、気付けば三時間ほどが経《た》っている。

やるからには、確実に死ねる術《すべ》がいいだろう。とはいえ、電車に飛び込むなどの他人に迷惑をかけてしまうような方法は論外だ。できることなら、しずかに人生を終えたいところである。

まず最初に思いついたのは、練炭自殺だった。

一酸化炭素による中毒死は苦しまずに死ねると言われている。こんな言い方が正しいのかはわからないが、比較的奇麗な死体になれるだろう。だが、失敗したときのリスクは大きい。もし生き残ってしまえば、脳に障害が残る可能性もある。二度と自殺できない体になってしまうかもしれない。睡眠薬を大量に飲んで自殺を図ることも考えたが、これも同じく確実に死ねるとは言《い》い難《がた》いし、そもそも致死量の薬を入手する当てがなかった。

やはり、首吊《くびつ》りが最適だろうか。事実かどうかはさておき、首吊りは自殺の中でもかなり人気の方法らしい。ネットにそう書いてあった。たしかに手軽で、道具の準備も簡単。確実性もある。あとは、やり方だ。天井から縄を吊るす以外にも、椅子に座ったまま実行できる方法もあるらしい。

選択肢が増えると、余計に悩んでしまう。どうやって死ぬのが正解なのか、だんだんわからなくなってきた。

情報収集のため、しばらくインターネットの中を彷徨《さまよ》っていたところ、橋爪は妙なウェブサイトにたどり着いた。

余計な装飾のない、簡素な雰囲気のページだった。掲示板やオープンチャットのやり取りからして、どうやらここは自殺志願者が集うサイトらしい。『死のうと思っていますが、どういう方法がおすすめですか』『一緒に死んでくれる仲間を探していま す』などといった書き込みが散見された。

――なるほど、ここなら同じ悩みをもつ人間に相談できそうだ。

思わぬ掘り出し物に、橋爪の心が動いた。同じ自殺志願者の意見を頼りに、自殺の方法を決めればいい。橋爪は掲示板に書き込んでみることにした。

——福岡在住の四十代男性です。自殺を考えていますが、どうすればいいかわからず悩んでいます。確実に死ねる方法を求めています。アドバイスがありましたら教えていただけますと幸いです。

パソコンから顔を上げ、棚に飾られている写真立てに視線を向ける。娘が小学校に入学した日、三人で撮った写真だ。カメラの前で満面の笑みを浮かべている妻と娘を見つめ、橋爪は頰を緩めた。

もうすぐ、二人に会える。

中洲の大通り沿いにあるテナントビル——その四階の一角に、大衆向けラウンジ【club.Vida】は店を構えている。広告では在籍キャスト数五十名以上の大型キャバクラ店と謳《うた》っているが、実際に出勤しているのは十数名ほどだ。

たった十数名であっても、キャバ嬢の管理は骨が折れる。遅刻や無断欠勤は日常茶飯事。連絡もなく飛んでしまうことも多々ある。もちろん真面目に働いてくれる者もいるが、この店にはそうでない者の方が多い。特に、このレイナという新入りには最も手を焼いていた。

「レイナさん、今月でもう六回目ですよ、遅刻」

早川が注意をすると、金髪頭の女は「ごめんなさーい」と、微塵《みじん》の申し訳なさも感じさせない声色で言った。

この女、と早川は心の中で舌打ちする。舐《な》めやがって。腹が立つ。

レイナは三か月ほど前に体験入店にやってきた。オーナーが面接し、そのままバイトとして採用となった。基本的に客入りの多い週末だけ働いている。歳は二十一で、大学生だという話は聞いている。どうせ頭の悪い奴らが通う三流大学だろうな、と内心小馬鹿にしていた。容姿が整っているので一見客には受けがいいが、性格も勤務態度も問題が多いため、スタッフや他のキャストからは非難囂々《ひなんごうごう》だ。

「いい加減にしてください。マネージャーも怒ってましたよ。次、遅刻したらクビにするって」

レイナは「はーい、気を付けまーす」とアイラインを引きながら答えた。気を付ける気はなさそうだ。

「罰金、日給から引いときますから」

そう言うと、レイナは少し不機嫌そうな顔になり、化粧を施している手をぴたりと止めた。鏡から顔を上げ、早川を睨みつける。

三十分も遅刻したくせに控え室でのんびり準備をしているレイナに、早川は殺意にも似た苛立ちを覚えた。この女、一発殴ってやりたい。控え室を出てから、代わりにバックヤードに置いてあるゴミ箱を蹴り飛ばした。散らばった中身を自分で片付けていると、さらに憤りが募ってきた。

ここまでイライラしているのは、レイナの態度が気に食わないから——だけではなかった。

薬が切れているせいだ。

体が薬物を欲している。なんでもいいから静脈にぶち込みたい気分だった。

先日、ジェイから購入したブラウンシュガーはとっくに使い切ってしまった。追加の注文をしようにも、金がない。今月の給料はすべてドラッグ代に消えた。生活費は店から前借している。

ボーイとしてこの店に勤めて二年が経つ。時給は千円ちょっと。割に合わないと思うことが多い。態度の悪いキャバ嬢の機嫌を取り、酔っ払った客に頭を下げて回る日々。薬でもキメないとやってられないのだ。

金さえあればな、と思う。

金さえあれば、こんな仕事辞めてしまえるのに。金さえあれば、好きなだけヤクが買えるのに。

この店のマネージャーは閉店間際にしか顔を出さない。早い時間帯のキャッシャーは早川が任されている。常連客の会計を済ませ、レジを開けたところで、早川の思考がふと停止した。

大量の万札が目に入り、心が揺らぐ。

――この金があれば、また薬が買える。

もう三日もヤクをキメていない。限界だった。魔が差してしまったのだ。金を仕舞う振りをしながら、早川はレジから一万円札を数枚抜き取り、懐のポケットに突っ込んだ。そのときだった。

「――何してんの、早川さん」

背後から声をかけられ、早川の体がびくりと跳ねる。振り返ると、大きく盛られた金髪頭が視界に飛び込んできた。

レイナだ。

「ねえ、今さ」彼女は勝ち誇ったような表情を浮かべていた。「……レジからお金盗《と》ったよね？」

——見られていたのか。

早川は焦った。予期せぬ事態だった。言葉が出てこない。

「オーナーに言いつけちゃおうかなぁ」

レイナはにやにやしながらそう言った。小言の多い自分を良く思っていないこの女のことだ。弱みを握ることができて、さぞいい気分だろう。

まずいことになった、と早川は唇を噛んだ。

このことが知られたら、クビになるのは確実だ。それだけで済めばいいが、この店は裏で暴力団との関わりを持っている。袋叩《ふくろだた》きにされるのは目に見えていた。良くて半殺し、最悪の場合は博多湾に沈められかねない。

今後の自分の身を案じ、真っ青になっていたところ、

「早川さん、そんなにお金に困ってるの？」レイナは思いもしないことを言い出した。

「だったら、いい話があるよ」

赤いリップを塗った唇が弧を描いた。まるで悪魔みたいだと早川は思った。


自殺系サイトに書き込みをした翌日、橋爪はふと思った。

——生きている人間からアドバイスをもらったところで、何になる？

気付いてしまった。あのサイトを見ている人物は皆、「死にたい」と思ってはいるが、まだ死んでいない。「自殺の方法はどれがおすすめですか？」と尋ねたところで、試したことのない答えが返ってくるだけだ。これから趣味で野球を始めようとしている人間に、「どこのメーカーのグローブがおすすめですか？」と訊いているようなものである。

なんて滑稽な質問だろうか。

こんなこと書かなければよかったな、と橋爪は少し後悔してしまった。

恐る恐るサイトを開き、確認する。なんと、自分の書き込みに対して返信がきていた。たった一日のうちに二件のレスポンス。死にたいと考えている人間の数は、自分が思っているよりも意外と多いのだと思い知る。

一人は三十代の女性から、もう一人は二十代の男性からだった。どちらも福岡在住らしい。『私も福岡に住んでいて、死のうと思っています』『俺もです』というやり取りが記されていた。

顔も名前も知らない相手だが、何度かやり取りを続けているうちに、だんだんと親近感がわいてきた。その後、三人のみのグループチャットを作ることになり、さらに連絡を取り続けていたところ、『どうせなら、みんなで一緒に死にませんか？』という話になった。所謂《いわゆる》、集団自殺というものだ。

それもそれでありだな、と橋爪は思った。

正直、死ぬのは怖い。いくら決心したところで、すんでのところで躊躇《ためら》ってしまうかもしれない。だが、仲間がいれば背中を押してもらえるだろう。他人とはいえ、最期に人が傍《そば》にいてくれることは心強いし、寂しさも紛らわせることができる。

『それ、いいですね』と、橋爪は返信した。

『計画を立てよう』と言い出したのは、女性の自殺志願者だった。そのために一度集まって、みんなで話をしませんか——彼女はそう提案した。

たしかに、計画は大事だ。全員が確実に死ぬために、念入りにシミュレーションする必要がある。失敗し、誰か一人だけ生き残る、なんてことになったら目も当てられない。

いいですね、と再び返信する。もう一人の二十代男性も同意した。

話はとんとん拍子に進み、明日の夜に博多駅付近にある大衆居酒屋に集まることになった。早い時間帯ならビールが三百円で飲める格安店だ。

どんな格好をしていこうか、と橋爪は悩んだ。ここ数年、職場と自宅の往復だけの生活を送ってきた。プライベートで人に会うのは久々だった。

2回裏

——なるほど、これが大学というものか。
キャンパスに足を踏み入れた林は、辺りを見渡してしみじみと呟いた。
ふと、最近ハマっているドラマのことが頭を過《よぎ》った。『殺し屋OLの日常』という
タイトルの、動画サイトで配信されているコメディ作品だ。主人公・谷希衣子《たにきいこ》は一見
ごく普通のアラサーOLなのだが、裏では殺し屋として暗躍しているという設定で、
制作はあの『昼顔極妻《ひるがおごくつま》』を手掛けたスタッフ陣だ。『殺し屋OLの日常』は『昼極』
シリーズのスピンオフ作品でもあり、現在放送中の深夜ドラマ『ナサケをかけない
女』の主人公・鬼島冷子《おにじまれいこ》が友人役として登場している。
たしか第四話あたりで、大学教授暗殺の依頼を受けた希衣子が大学生になりすまし、
有名私大に潜入するのだが、若々しい女子大生と草臥《くたび》れた自分との間にギャップを感
じてしまい、仕事を終えてからデパコスに寄って高価な美容液を買って帰る、という

切ないシーンがあった。その話の中で登場したロケ地が、どことなくこの大学に似ているような気がした。

テレビドラマで度々目にすることはあれど、実際にこうして大学のキャンパスを訪れたのは初めてのことだ。すれ違う学生たちの会話を盗み聞きする。学食、サークル、ゼミ――聞き慣れない単語が飛び交っている。幼い頃から殺し屋として育てられてきた自分にとっては、無縁の世界だった。

福岡市内にある、地元でも有名な名門国立大学。林がこの場を訪れたのは、清美の周辺に探りを入れるためだった。ＳＮＳで得た情報を頼りに、まずは清美の友人を探す。大勢の学生でひしめくキャンパスから目当ての人物を見つけるのは、なかなか気の遠くなりそうな作業だった。

学内をしばらく歩いていると、開けた場所に到着した。ラウンジのようだ。学生たちがテーブルごとに語らいの時間を過ごしている。その一角に、女子学生三人組を見つけた。見覚えのある顔だった。ＳＮＳのアカウントで、よく清美と一緒に写っている三人。同じ学部の友人だろう。

「ねえねえ」

と、林は三人組に声をかけた。

「教育学部の人だよね？　春日清美さんと仲いい？」

突然現れた林に、三人は少し怪訝《けげん》そうだった。警戒しながらも、「うん」「まあ」と肯定の返事を返す。

林はお構いなしに空いている椅子に腰を下ろすと、話を進めた。

「実はさ、私の友達が清美さんに一目惚《ひとめぼ》れしたっぽくて、彼女のこと聞いてきてって頼まれちゃって」と尤《もっと》もらしい言い訳をつけると、三人はあからさまに興味を持ったような顔になった。やはり恋愛話には食いつきがいい。

「教育学部に知り合いいないから、困ってたんだよね。――それで、清美さんって今、付き合ってる人いるの？」

尋ねると、三人は首を捻《ひね》った。

「さあ、どうなんだろ」

「いないんじゃない？　そんな話、聞いたことないし」

友人の話を聞く限りでは、現在交際している男や仲のいい男友達はいないようである。

さらに踏み込んだことを訊いてみた。「清美さんってお嬢様だって聞いたけど、どんな人なの？」

三人は顔を見合わせてから答えた。「別に、普通の子だよ」

「うん。お金持ちな雰囲気はあるけど、偉そうな感じはないよね」

「金遣いが荒い、とかは？」

という林の質問に、

「全然」

と、三人は揃って首を振った。

「昼食はだいたい学食だし。いつも安い定食食べてるよ」

「ブランド物にも、あんまり興味ないみたい」

だったら月三十万以上も何に使ってるんだ。林は心の中で首を捻った。

＊

モップを持つ手を止め、渡り廊下の窓を開ける。元気いっぱいに走り回っている学生の姿を眺めながら、「若いっていいなぁ」とマルティネスは感嘆を漏らした。昼休みになり、校庭で友人とボールを追いかける十六、七歳の少年たち――あれくらいの年齢のとき、自分は何をしていただろうか。あの頃は、たしかまだ母国ドミニカにいて、銃を片手に路上強盗を繰り返していたっけ。

懐かしいな、と思う。今こうして水色の作業服を身にまとい、暢気《のんき》に校舎の掃除をしているなんて、当時の自分は想像もしていなかっただろう。

過去に思いを馳せていると、

「おい、サボってんじゃねえぞ」

と、声をかけられた。

作業着と同じ色の帽子を被り直しながら振り返ると、渡り廊下に外国人らしき男が立っていた。褐色の肌と日本人離れした目鼻立ちをしている。格好はフォーマルだ。紺色のスーツに黒縁眼鏡。首から名札を下げている。

「よう、リコ」

言葉を返すと、彼は「今はジェームズ先生だ」と肩をすくめた。

この男、『リコ』ことリカルドとは古い付き合いになる。メキシコで初めて出会ったときは麻薬組織の構成員と麻薬捜査官という敵対した間柄だったが、日本に渡った今では時折酒を酌み交わしたり、こうして彼の仕事を手伝ったりするほどの関係に修復した。

リカルドは現在、スアレス・田中・ジェームズという偽名で潜入捜査中だった。

身分《カバー》は高校の英語教諭補佐——所謂、ALTということになっている。高校生に英語を教える傍らで、この学校の内情を探っている、というわけだ。

「俺もそっちの役がよかったぜ」

と、マルティネスは文句を告げた。

マルティネスに用意された役は、高校の清掃員というものだった。校内を掃除しながら生徒の話を盗み聞きし、情報を集めている。潜入捜査としては常套《じょうとう》手段ではあるのだが、ただ、この仕事自体が結構しんどい。校舎は広いし、汚れは酷い。特にトイレ掃除は気が滅入《めい》る。世の中の清掃員は大変だな、とつくづく思った。

「なんで俺が清掃員なんだよ。代わってくれ」

「駄目だ。お前の英語は訛《なま》りが強すぎる」

たしかにな、と思った。

マルティネスは中南米育ちだ。幼少期と少年期をドミニカ共和国で、青年期をメキシコで過ごしてきた。対するリカルドはメキシコ系だが、アメリカで生まれ育ち、本国の国籍を有している。日本語のレベルは同等でも、英語に関しては太刀打ちできない。

「——それで？」と、リカルドが進捗を尋ねた。「どうだ、仕事は進んでるか？」

「北校舎の三階までは終わらせた。どこもピッカピカだぜ」

「掃除の話は訊いてない」

むすっとしたリカルドに、マルティネスは「冗談だよ」と苦笑する。

「空振りだな、今のところは」

校舎内をうろつきながら探ってみてはいるが、未《いま》だに目ぼしい情報は得られていなかった。

そうか、とリカルドはため息をついた。

「本当にこの高校なのか？」マルティネスは尋ねた。

リカルドの話によると、この学校に通う生徒が『ブラウンシュガー』と呼ばれるヘロインの売買に手を染めているという噂があるらしい。

「それを確かめるために、こうして潜ってるんだ」

たしかに、それもそうだ。マルティネスは唸《うな》った。

昼休みの終わりを知らせるチャイムが鳴り響いたところで、マルティネスはリカルドと別れた。彼は午後に二つ授業が入っているらしく、ゆっくり校内を探っている暇はなさそうだった。代わりに自由が利く自分が動かなければならない。モップとバケツを手に、マルティネスは校舎を散策した。

最上階へと続く階段を上り、ドアを開けると、屋上の中央に横たわっている男子生徒の姿があった。とっくに昼休みは終わっているはずだが、その生徒は教室へ向かうようすがない。ここで授業をサボるつもりなのだろう。

人の気配に気付いたのか、学ランを着た生徒が上体を起こし、マルティネスの方を見た。

目が合った次の瞬間、「あ?」という自分の声と、「あっ」という相手の声が重なった。

てっきり生徒だと思い込んでいた相手は、自分もよく知る人物だった。

――馬場だ。

学生服姿のチームメイトが、マルティネスを見て目を丸めている。「なんでマルさんがここにおると?」

「いや、そりゃこっちの台詞《せりふ》だろ」マルティネスは呆気《あっけ》に取《と》られてしまった。「なんだ、その格好。ハロウィンパーティは来週だぞ」

するとと、

「潜入調査中なと」

と、馬場は胸を張った。

どうやら彼も仕事でここに来ているらしい。

「おかしいだろ。なんで高校生なんだよ。歳考えろ」

どこからどう見ても無理がある。どうして林は止めなかったんだ。呆れながら一笑し、マルティネスは馬場の隣に腰を下ろした。


学生服を着て高校に潜入すると馬場が提案したところ、相棒の林には「それは潜入じゃなくて、侵入だ」と言われた。腑《ふ》に落ちない。

それにしても、まさか潜入先でチームメイトに遭遇するとは思わなかった。男子高校生の格好をした馬場と清掃員に扮《ふん》したマルティネスは、屋上に並んで座り、言葉を交わした。

「マルさんは、どんな仕事なと？」

と、馬場は尋ねた。

「リカルドの手伝いだよ。この学校に麻薬が蔓延《まんえん》してるらしくてな、こうして情報を集めることになったんだ。今のところ、収獲はないが」

リカルドというのは、マルティネスの古い友人のことだ。馬場も前に一度会ったことがある。麻薬カルテルの悪巧みから福岡の街を守ったあの夜を思い出しながら、馬場は「大変そうやねえ」と唸った。

「どちらかと言えば」彼は持っていたモップを指差した。「こっちの方が大変だ」

それから、マルティネスが「お前は？」と話を振る。

「俺は、素行調査ばい」

「高校生の？」

「いや、女子大学生。この高校に教育実習に来とるらしいっちゃけど」

校内のどこを探しても、清美らしき実習生の姿は見当たらなかった。八方塞がりになった馬場が、すべてを放り出して屋上で昼寝をしていたところ、こうしてマルティネスと鉢合わせをした、という次第だ。

するると、

「……教育実習？」

マルティネスが眉をひそめた。

「この学校、今は教育実習なんてやってないぞ」

「えっ」

思わぬ言葉に、馬場は目を丸くした。

「……それ、ほんと？」

「ああ。間違いない」

道理で清美を見つけられないはずだ。

だが、清美の母はたしかに「娘はこの高校で実習している」と言っていた。母親が高校名を間違えたのか、清美が親に嘘《うそ》をついたのか。二つにひとつだろう。

どちらにしろ、これ以上ここで潜入調査を続ける理由はなくなってしまった。マルティネスと別れ、馬場は校舎の外に出た。

その直後のことだった。

「——いいから、早く金出せよ」

不意に、物騒な言葉が聞こえてきた。

どうやら、授業をサボっている不良生徒は自分だけではないらしい。たまたま通りかかった校舎の裏から話し声が耳に届いた。覗き込んでみると、人影が見える。ただならぬ雰囲気であることは一目で察した。一人の男子生徒が数人に囲まれ、暴力を受けているところだった。

虐《いじ》めの現場を目撃し、馬場は顔をしかめた。どういう理由があったとしても、一人に対して寄ってたかって暴力をふるうことは許しがたい。ましてや、金を恐喝するなどもってのほかだ。

「なんしようと」

と、馬場はその集団に声をかけた。

虐めている生徒は四人。どれも柄の悪そうな雰囲気だった。この学校はあまり偏差値が高くないと聞いた。中にはこういう不届きな輩《やから》も紛れ込んでいるのだろう。

突然現れた馬場に、男子生徒たちは「あ？」「うっせえ」「誰だよ、お前」と口々にいきり立っている。

「見てんじゃねえよ」と手前にいた生徒が拳を握った。腕を振り上げ、馬場を攻撃する。ここまできたら正当防衛だと言い訳できるだろう。馬場は軽く体を傾けて拳を避けると、彼の腕を掴み、強く捻り上げた。

痛え、と生徒が悲鳴をあげる。その瞬間、他の生徒たちが血相を変えた。

そこからは、乱闘となった。殴りかかってくる男子高校生を躱《かわ》し、馬場はカウンターをお見舞いした。腹を殴られ、生徒はその場に蹲《うずくま》った。次に、背後から飛び掛かってきた男子を背負い投げで軽々と放る。地面に叩きつけられ、相手はそのまま仰向けに倒れ、顔をしかめている。

あっという間に二人を倒した。何人相手だろうと物ともしない馬場に、やがて生徒たちは戦意を喪失したようで、「行こうぜ」と尻尾を巻いて逃げていった。

──ちょっと大人げなかったかいなね。

馬場は心の中で呟いた。高校生相手にムキになりすぎたかもしれない。もちろん手加減はしたのだが。

虐められていた生徒は、突然の馬場の登場に唖然《あぜん》としている。殴られて痣《あざ》だらけになった顔をしたその彼に、

「大丈夫ね？」

と、馬場は優しく声をかけた。

呆気に取られていた男子生徒が、しばらくして口を開いた。「…………誰？　おじさん」

おじさん──その単語に、ぎくりと心臓が跳ねる。

「……生徒じゃないよね、絶対」

疑いの眼差《まなざ》しで睨まれ、馬場はたじろいだ。まずい、正体がバレている。「あはは」と馬場は苦笑いで誤魔化した。

「ちょっと老け顔なだけで、俺、ここの生徒なとよ」

誤魔化しきれなかったようで、男子生徒は完全に警戒していた。「一緒に職員室まで来てもらえますか？」と任意同行を求める刑事のようなことを言った。

——なんでバレたっちゃろか？

不思議だ。首を傾げながら、男子生徒に背を向ける。

バレてしまっては仕方がない。馬場はそそくさと逃げ出した。

3回表

博多駅にある大衆居酒屋。橋爪はテーブル席に腰を下ろし、人を待った。自殺サイトで出会った二人と、今日ここで会う約束をしている。散々悩んだ結果、服装はスーツを選んだ。それが無難のような気がした。

店内は会社員風の男性で溢《あふ》れていた。サラリーマンだった頃を否《いや》が応《おう》でも思い出してしまう。仕事終わりの一杯は格別だった。それが今や、人生の終わりの一杯を引っ掛けることになるとは。なんとも哀れな末路だ。

しばらくすると、待ち人が現れた。一人は女性で、マキと名乗った。髪はセミロング。清楚なワンピースを身にまとっている。三十二歳と聞いていたが、年齢より老けて見えた。人生に疲れ果てた顔だった。もう一人は男性で、トモヤというらしい。二十五歳の若者で、髪は明るい茶色。上下ジャージ姿で、まるで田舎の不良のような柄の悪さだった。

マキとトモヤは橋爪の向かい側の席に腰を下ろした。橋爪も名乗り、軽く頭を下げた。全員が初対面だ。ぎこちないやり取りが続く。気まずい雰囲気を払拭しようと、とりあえずアルコールを注文し、乾杯した。

ビールを呷りながら、ふと思う。——我々三人は、周りからどのように見られているのだろうか？

仕事仲間にしては、あまりにちぐはぐな三人組だ。服装もバラバラ。かといって、家族には見えないだろう。雰囲気が余所余所《よそよそ》しい。

賑やかな居酒屋の中、このテーブルだけ葬式のような空気が流れていた。しばらく沈黙が続いていたが、

「——あの」

と、マキが声をあげた。

「本気、なんですか？」

なにが、と訊かなくても伝わった。本気で自殺する気なのかどうかを改めて問いたいようだ。

橋爪もトモヤも揃って頷いた。

「橋爪さんは、どうして自殺しようと思ったんですか？」お通しを運んできた店員が

立ち去るのを見届けてから、マキが尋ねた。周囲に聞かれないよう配慮したのか、自殺、という単語だけやけに小声だった。

「生きる理由がないんですよ」

橋爪は答えた。たとえ死ぬ理由がなくても、生きる理由がなければ、人間は死を選びたくなるものだと思う。

「妻と娘を交通事故で亡くしました。それからは死んだように生きていて、これではいけないと脱サラして、飲食店を開いたんです。今の私にとって、その店がすべてでした。唯一の生きがいだったんですが……」

橋爪は表情を曇らせた。

その店も今月末で閉店だ。生きていく理由を失ってしまった。

「そろそろ人生を終わらせてもいいかなって、思ったんです」

マキが「わかります」と呟くように言った。トモヤも頷き、俯《うつむ》いた。なんだか余計にしんみりした雰囲気になってしまった。

「――それで」気を取り直し、橋爪は少し砕けた口調で話を振った。「二人は、どうして自殺しようと思ったの？」

キャバクラのレジから抜き取った三万円は、結局、元の場所に戻しておいた。あんなことがあってもなお懐に入れるような神経の図太さは、さすがの早川も持ち合わせていなかった。

まさか、店の売り上げに手を付けているところを目撃されてしまうなんて。しかも、よりにもよって相手はあのレイナだ。完全に弱みを握られてしまった。どんな仕打ちを受けるか知れたものではない。

勤務を終え、早川は自宅アパートに戻った。もう明け方だ。この仕事を始めてからは、完全に昼夜逆転の生活に陥っている。

ベッドの上に横たわったが、なかなか眠れなかった。レイナの言葉を思い出す。

——だったら、いい話があるよ。

金に困っているのはレイナも同じらしい。キャバクラで働く女はだいたい金に飢えている。大金を稼ぐ計画があると彼女は言っていた。成功すれば数千万は固いというのだが、そんな上手い話があるだろうか。どうにも信じられなかった。

どうするべきだろうか。話に乗るか、乗らないか。

早川は頭を悩ませた。ストレスと禁断症状で気が変になりそうだった。薬が欲しい。ヤクを打って、すべてを忘れてしまいたかった。

早川は無意識のうちにスマートフォンに手を伸ばしていた。そして、いつもの番号に電話をかけた。

『――なんだ？』

相手はジェイだ。寝ていたのか、少し不機嫌そうな声色だった。

「あのさ、こないだのブツ、また買いたいんだけど」早川は申し訳なさを声色に滲《にじ》ませながら告げた。「ただ、今ちょっと金なくてさ……来月給料が入るから、支払いはそのときまで待ってもらえ――」

『駄目だ』

ジェイは即答した。

『代金は前払いだ。そうでなければ売らない』

電話が切れた。

門前払いを食らい、早川は苛立った。融通の利かない奴だ。怒りにまかせて端末をベッドに叩きつけ、再び寝転がる。

目を閉じてはみたが、眠れなかった。余計に目が覚めてしまった。

金さえあればな、と思う。金さえあれば何でも買えるのに。コカインもヘロインもシャブも、何でも、好きなだけ。

――いい話があるよ。

再び、憎たらしいレイナの顔が頭を過った。


「――最期まで、最低最悪のクソ男でしたよ」

グラスの底をテーブルに叩きつけ、マキが眉をひそめた。

三杯目のビールが運ばれてきた頃には、橋爪たちはすっかり打ち解けていた。最初の気まずい雰囲気が嘘のようだった。

「あんな男と結婚したのが間違いでした。あの日から、私の人生はどんどん狂っていった」

話によると、マキはどうやらバツイチらしい。一度結婚したが、その一年後に夫の不倫が発覚。彼女は別れを決意し、夫に離婚届を突きつけて家を出たそうだ。慰謝料もしっかり請求してやるつもりだった。

「そしたら、旦那が自殺したんですよ」

思わぬ展開に、橋爪とトモヤは「えっ」と声をあげてしまった。

「ギャンブルにハマって借金抱えて、私の収入を頼りにしていたみたいです。でも、不倫が原因で私から離婚を迫られて、自棄《やけ》を起こしたんでしょうね。自宅で首吊ってました」

最悪なのはその後です、とマキが話を続ける。

「勝手に借金の連帯保証人にされていて、三百万円請求されました。おまけに、賃貸の自宅で死んだので、事故物件の損害賠償が一千万」

あまりに理不尽な話に、橋爪は絶句した。トモヤも気の毒そうな表情を浮かべている。

「それまでは普通のOLやってたけど、今は借金返すために風俗で働いています。人妻倶楽部《くらぶ》っていう店で」マキはやさぐれた顔で酒を呷った。「毎日毎日クソみたいな客の相手してたら、頭がおかしくなってきますよ。なんでこんな気持ち悪い男どもの言うこと聞かないといけないんだろうって、だんだん惨めになってきて」

私が作った借金でもないのに、とマキがこぼした。

尤もだと思う。

「急に、ぷつんと糸が切れたみたいになって……こんな生活続けるくらいなら、いっそ死んだ方がマシかなって思ったんです」

そこからは、橋爪と同じだった。自殺の方法をインターネットで調べていたら、たまたま例のサイトにたどり着いた。そこで橋爪の書き込みを見つけ、同じ福岡の人間ということが気になり、思わず返信してしまったそうだ。

死ぬときは、絶対に他人に迷惑がかからないようにしよう。マキの話を聞いて、橋爪はなおさら強く心に誓った。

「――トモヤくんは」橋爪は話を振り、経緯を尋ねた。「どうして自殺しようと思ったの？」

今まで黙って話に耳を傾けていた青年が、重い口を開いた。

「俺、前科があるんすよ。殺人未遂の」

……これまたヘビーな話になりそうだ。

橋爪とマキは黙ってビールを呷った。

「親は、俺を生んでからずっとほったらかしにしてました。ネグレクトって言うらしいっすね、こういうの。戸籍もないから、ろくに学校にも通えなくて……結局、ヤクザになるしかなくて。乃万《のま》組って暴力団の下っ端やってました。そのときに、若頭《カシラ》に『この男を撃ってこい』って命令されたんす」

組織が目の敵にしていた建設会社の社長の襲撃を命じられ、トモヤは言われた通りに実行した。撃たれた男は一命を取り留めたらしい。トモヤは自首し、殺人未遂で四年服役したという。

「使用者責任で組長が逮捕されないように、自首する前に俺は組から絶縁されていました。出所してからは、報酬の五十万円だけ渡されて、もう組には近付くなってって言われてるっす」

「人を撃って、刑務所に入って、たったの五十万？」

「割に合わないね」

橋爪もマキも顔をしかめた。

トモヤは「下っ端の扱いって、そんなもんっすよ」と何もかも諦めたような目で言った。

「戸籍もないし学もない。おまけに前科持ちだから、なかなか仕事にありつけないんすよね。あっという間に五十万も尽きちゃって、生活できなくて」

トモヤは金銭的に困窮し、自殺を考えたのだという。そして、これまた同じく方法を調べているうちに、あのサイトに流れ着いた。

二人の不幸話に、橋爪は心の底から同情を覚えた。自分よりも若い二人がこんなに苦労しているなんて、気の毒な話である。と同時に、不幸なのは自分だけじゃなかったのだと、妙な親近感を覚えた。

「……お金さえあれば」マキがため息をついた。「人生やり直せるのになぁ」

その通りだなと橋爪も思った。金さえあれば、あの店を続けられる。生きる理由が見つかる。

だが、今はもうどうすることもできない。

すると、

「……盗みます？」

唐突に、トモヤがそんなことを言い出した。

「なによ、盗むって」

「いや、ちょっと思ったんすよ。どうせこのまま死ぬんだったら、どっかから大金を盗んでみるのもいいんじゃないかって」

いったいなにを言い出すんだ、と橋爪は眉をひそめた。

「一か八かの賭けで、どうっすかね？」

最初は冗談のつもりかと思った。酒も入っていたし、ふざけて大胆なことを言っているのだろうと。

だが、トモヤは本気のようだ。真剣な表情で言葉を続ける。「捕まったって、別に失うものもないっすよね。どうせ死ぬつもりなんだし」

「まあ、それはそうだが……」

意外なことに、マキが話に食いついた。「どこから盗めばいいのよ？」

「銀行とか？」

「銀行強盗は厳しいだろう」上手くいくはずがない。橋爪は口をはさんだ。「フィクションの世界じゃないんだから」

「他にありますかね、良さそうな場所」

数秒考え込んでから、

「……裏カジノは？」

と、マキが提案した。

「うちの風俗店の客に、裏カジノに通ってる人がいるよ。荒稼ぎしてるみたいで、ものすごく羽振りがよくて。暴力団が経営してる店で、中洲の【10thousand】ってナイトクラブの中にあるって言ってたけど」

「その賭場なら」トモヤがはっと思い出した。「ヤクザだった頃に何度か行ったことあるっす。若頭の付き添いで。乃万組が仕切ってるんすよ、そこ」

――裏カジノ強盗、か。

橋爪は唸った。悪人の金なら、盗んでも警察沙汰にならないだろう。だが、リスクは大きい。

「ヤクザの店から金を盗むんだ。もし失敗したら――」

命はないだろう――そう言いかけて、橋爪は思わず失笑した。これから自殺する人間が、命の心配だと？

「……そうだな、やってみようか」

死ぬ気になれば、人間なんでもできるものかもしれない。最後に一花咲かせるのも悪くないな、と橋爪は思った。

3回裏

『次は県内のニュースです。今日の昼頃、福岡市の高校に不審な男が侵入したとの通報があり——』

聞こえてきた言葉に思わず気を取られ、塗っていたマニキュアが爪から大きくはみ出した。

「……ちょっと待て、今なんて言った？」

ついテレビに話しかけてしまった。

福岡市内、高校、不審な男——嫌な予感がする。

黒く塗りつぶした親指から視線を上げ、事務所のテレビを見遣《みや》る。垂れ流しにしていた再放送のドラマが、いつの間にか夕方のローカル番組に変わっていた。アナウンサーが神妙な面持ちで原稿を読み上げている。

『男は、年齢二十代から三十代くらい。身長180センチ前後で、詰襟の学生服を着て校内を徘徊《はいかい》していたとのことで——』

「事案になってんじゃねえか！」

林は頭を抱え、深いため息をついた。

……だからやめとけって言ったのに。

報道されていた年齢も背格好も、どう考えてもあいつのことだった。乾いていない指先に細心の注意を払いながら携帯端末を手に取り、林は電話をかけた。

『——もしもーし？』

馬場はすぐに出た。声色は明るい。

「どうしたと、じゃねえよ」

『どうしたと？』

暢気に構えている馬場に、林は二度目のため息をついた。

「どこの誰が『まだまだいける』って？　……ったく、警察沙汰にしやがって」

ニュース番組で報道されていたことを伝えると、馬場は苦笑した。『バレんと思ったんやけどねえ』

その自信はいったいどこからくるのだろうか。呆れてしまう。

『いや、あんね、虐められとった子がおったけん、助けたとよ。そしたらその子、俺になんて言ったと思う？　「誰、おじさん」よ。失礼やと思わん？　まずは「助けてくれてありがとう」やろ。最初にお礼を言うべきやろ。なのに、おじさんげな。だいたい、俺のどこがおじ――』

「わかった、もういい、わかったから」

言い訳なのか愚痴なのかわからなくなってきた。長くなりそうなので途中で遮っておいた。

『リンちゃん、どうやった？　大学の方は』

訊かれ、林は聞き込みの成果を報告した。「別になにも。春日清美は普通の大学生活を送ってるみたいだな。金遣いもそんなに荒くないって。付き合ってる男もいないらしい」

友人の話をまとめると、そんなところだった。

「話を聞く限りじゃ、品行方正なお嬢様って感じだ。特に怪しいところもない」

すると、

『いや、そうとは限らんみたい』

と、馬場が意味深なことを言い出した。

「は？」

『あの高校の教育実習生に、春日清美はおらんかった。そもそも、今は実習生を受け入れとらんらしい』

どういうことだ、と林は目を丸くした。母親の康江はたしかに、あの高校で娘が教育実習中だと言っていたはずだ。

「それって――」

つまりは、騙《だま》しているのだ。

「清美は親に嘘ついてたってことか」

『そういうことやね』馬場が答えた。『念のため依頼人に頼んで、娘に高校名を確認してもらったけど、やっぱりあの学校で間違いなかった』

「なんでそんな嘘を？」

『さあ。わからんけど、なんか裏がありそうやねえ』と、馬場が楽しげな声色で言った。


高校生の売人の正体はすぐに判明した。

マルティネスが南校舎を清掃していたときに、トイレの中で白昼堂々と商売をしている男子高校生と鉢合せしたからだ。彼が同級生に売りさばいていた商品は、紛れもなくブラウンシュガーだった。ひそかに後を付けて身元を調べたところ、その売人は江崎《えざき》という名前の高校二年生であることがわかった。

あとは薬の出所を吐かせるだけだ。

リカルドは下校途中の江崎を襲い、気絶させると、車の中に引きずり込んだ。運転席にはマルティネスが座っている。

「子ども相手に、これはちょっと大人げないんじゃねえか？」

マルティネスが苦笑すると、リカルドは鼻で笑い飛ばした。「犯罪者に大人も子どももない」

「ごもっとも」

アクセルを踏んでスピードを上げ、場所を移動する。リカルドの道案内に従って車を走らせていると、古いアパートに到着した。

その中の一室にリカルドが入っていく。江崎の体を肩に担ぎ、マルティネスもその後に続いた。

部屋の中には、なにもなかった。ワンルームの真ん中に椅子がひとつだけ。辺りを見渡し、マルティネスは「見覚えのある部屋だ」と呟いた。

あまりいい思い出とはいえない。ここはＤＥＡが所有している尋問部屋だ。数か月前、あの椅子に縛りつけられ、マルティネスは尋問された。遠慮なく殴られたことも記憶に新しい。

「なんだ、まだ根に持ってるのか」

リカルドが笑った。

「いや、全然」と、マルティネスも笑みを返した。「俺はお前ほど執念深くはないんでね」

椅子に江崎を座らせ、その四肢を椅子に結び付ける。江崎が目を覚ます気配はなかった。しばらくは起きないだろう。マルティネスは壁に背をもたれるようにして座り、床に胡坐《あぐら》をかいた。

すると、

「尋問はお前がやれ」

と、リカルドが命じた。

「なんで俺が」

「お前の専門だろ」

たしかにマルティネスは情報を吐かせる仕事をしている。尋問や拷問は十八番《おはこ》だった。しかしながら、いくら友人の頼みとはいえ、喜んでサービス残業をしてやるほどのお人好《ひとよ》しではない。

「俺は『潜入捜査を手伝ってくれ』って頼まれただけだ。そこから先はサービス対象外だぜ」

言いたいことはしっかり伝わったようだ。リカルドは肩をすくめた。

「わかった。報酬はちゃんと払う」

そうこなくっちゃな、とマルティネスはにやりと笑った。「五秒で吐かせてやる」

電話口で、馬場はこれから重松と飲みに行くと言っていた。林は事務所を出て、ひとり中洲へと向かった。

那珂川《なかがわ》沿いにある屋台街――その一角にある【源《げん》ちゃん】というラーメン屋。この店に行けば、だいたい豚骨ナインの誰かがいる。今日は大和と斉藤《さいとう》がいた。

暖簾をくぐり、挨拶を交わす。珍しい組み合わせだな、と林は思った。大和と斉藤はコの字型のカウンターの向かい合う位置に座り、真剣な顔で話しをしている最中だった。

「なに話してんだ？」

正面の席に腰を下ろし、林も会話に加わった。

「ジローさんの誕生日のことです」と、斉藤が答えた。

「誕生日？」

「そう」ラーメンを啜《すす》りながら、大和が言った。「十月二十七日が誕生日なんだってよ」

「そういや、こないだの飲み会でそんなこと言ってたな」

「だから、今度のハロウィンパーティのときに、一緒にお祝いしたらいいんじゃないかって、三人で話してたんですよ」

三人——斉藤と大和、それから源造《げんぞう》のことだ。「へえ、いいんじゃね」と林も賛同した。仲間に祝ってもらったらジローも喜ぶだろう。

「せっかくだし、プレゼントも用意した方がいいですよね」

どうしようかなあ、と斉藤が腕を組んで唸った。

「オレはシャンパンにする」と、大和が言った。

そういえば、馬場の快気祝いのプレゼントもシャンパンだったな、と林は思い出した。林も一緒に味わったが、あれはなかなか美味《うま》かった。

――プレゼント、か。

正直、贈り物には慣れていない。奪われ、奪うばかりの生活を送ってきたせいだろう。まさか、自分がこんな平和な悩みを抱えることになるとは思わなかった。

どんなものを渡せばいいだろうか。スマートフォンを取り出し、ジローの趣味に合いそうなブランドをインターネットで検索する。頭を悩ませながら、出来立ての豚骨ラーメンを頬張った。

そのとき、

「……おい、なんか落としてるぞ」

大和がこちらを覗き込み、声をかけてきた。

大和は椅子の下を指差している。見れば、依頼人から預かっていた清美の写真があった。先刻、端末を取り出した際、一緒に服のポケットから滑り落ちてしまったのだろう。

大和が写真を拾った。そのまま硬直している。あまりに熱心に見つめているので、

「なんだ、タイプだったか?」と林は冷やかした。

すると、

「この女、見たことある」

と、大和が呟くように言った。

咀嚼《そしゃく》していた麺を飲み込んでから、林は尋ねた。「本当か？」

「ああ」大和は頷いた。「キヨミちゃんだろ？」

林は箸を止め、身を乗り出した。「なんで知ってんだよ」

黒髪のロングストレートに、リクルートのスーツ姿。春日清美の証明写真を眺めながら、大和が答える。

「うちの店の常連だよ。何度かヘルプで着いたことがある。キヨちゃんって呼ばれてた」

うちでも有名なホスト狂いだぜ、と大和は付け加えた。

彼の話によると、清美は結構な頻度でホストクラブに通っているらしい。最初は一か月に一度のペースだったが、最近はほぼ毎週見かけるという。

「ホストって……マジかよ」

これが事実だとしたら、今までの話のすべてが繋《つな》がってくる。春日清美が親に金をせびっていたのも、教育実習と言い訳し、遅く帰宅したり外泊したりする日が増えているのも、すべてはホストクラブで遊んでいるから。

だが、仲間の証言だけで決めつけるわけにはいかないだろう。まずは、本当に清美がホスト遊びに興じているのかどうか、裏を取らなければ。

そのためには——いいことを思いついた。

「……なあ、大和」林はにやりと笑った。「ちょっと頼みがあるんだけど」

大和は露骨に嫌そうな顔をした。「なんだよ」

「お前の店に体験入店させてくれ」

いつぞやの借りを返すときが来たようだ。面白いことになりそうだ、と林は唇を歪《ゆが》めた。

4回表

その日、橋爪たちは市内のファミレスに集まっていた。

お好きな席にどうぞと店員に言われたので、店の奥にある人目につかない席に陣取った。周囲の席に客はおらず、話を聞かれる心配はなさそうだった。

ドリンクバーを人数分注文し、顔を寄せて話し合う。

「店の中は、だいたいこんな感じっす」

トモヤが声を潜めて言った。備え付けの紙ナプキンにボールペンで線を描き込んでいく。

自殺の計画を立てるために集った三人が、まさか強盗の計画を立てることになるとは思わなかった。なんだか妙な展開になってしまったな、と橋爪の心に不安が募っていく。

トモヤは【10thousand】というナイトクラブの見取り図を描いていた。場所は中洲にあるらしい。標的の裏カジノは、この店の奥——関係者用の通路の先でひっそりと営業しているそうだ。

「ここが店のメインフロアで、その奥に扉があります。店のスタッフかカジノの客しか中に入れないっす。そこから通路を進んでいくと、賭場に着きます。ドアの前にはガードマンが二人立っていて、ボディチェックと本人確認が済んだら、中に入れるようになってるっす」

ヤクザ時代に訪れたときの記憶を頼りに、トモヤが説明する。この裏カジノはポーカー台が一台のみと規模は小さいが、レートは異常に高く、賭場の客は巨額の現金を持参するそうだ。

「中にも護衛がいます。ドアの入り口と金庫の前に一人ずつ」見取り図に丸印を書き足しながらトモヤが言った。

四つの丸を見つめながら、橋爪は呟いた。「簡単にはいかないだろうな」

無謀な計画である。

四人の守衛はそれなりに腕が立つはずだ。対するこちらは、中年男と風俗嬢、元ヤクザの三人組。こんな寄せ集めの素人メンバーで裏カジノを襲撃するなんて、絶対に上手くいくはずがない。

とはいえ、いずれにしろ我々は死ぬ予定なのだ。失敗したところで失うものはなかった。

だいたいの内情は把握できたところで、具体的な計画に移った。丸腰で飛び込んで金を手に入れられるはずがない。強盗といえば武器が必要になるが、そこはトモヤが請け負うことになった。

「拳銃なら用意できるっす。ヤクザ時代のコネがあるんで」

拳銃――聞き慣れない単語に、思わず鳥肌が立ってしまった。自分たちが今から起こそうとしている事の重大さを改めて思い知る。動揺した心を落ち着けようと、ドリンクバーで注いできたコーヒーに口をつけたが、カップを持つ手が微《かす》かに震えた。

一方で、マキは平然としている。肝の据わった女性だな、と橋爪は感心した。

「賭場は毎週土曜日に開かれてるっす。次は三十一日の夜すね」

「三十一日って」マキがスマートフォンを取り出し、なにやら調べはじめた。しばらくして、画面をこちらに向ける。「ハロウィンのイベントやってるみたい」

マキが見つけたのは【10thousand】の公式サイトだった。メインのページに仮装イベントの告知が掲載されている。橋爪は注意事項に目を通した。どうやらその日は、仮装した客だけが入店できるルールになっているようだ。

「仮装か」橋爪は頷いた。「ちょうどいいな。顔を隠しても怪しまれない」

「衣装は私が用意しておきます」と、マキが言った。

　ドリンクバーで飲み物を注ぎ直してから、改めて計画を確認する。まず、実行日は十月三十一日の夜。クラブではハロウィンイベントが開催されている。橋爪たちは仮装して顔を隠し、衣装に銃を忍ばせて店に入る。奥のドアから先へと進み、二人の門番を突破して賭場に入る。中にいる守衛を制圧したところで、拳銃で客たちを脅して金を奪い取る。そして、用意していた車で逃走する——というのが、ざっくりとした流れになるだろうが、問題点は多い。

「どうやってガードマン四人を倒すんだ？」

　銃で撃ってしまえば簡単だが、殺しは駄目だ。なるべく穏便に済ませたいところである。そもそも、何の訓練も受けていない三人が、的確に銃弾を当てられるとも思えない。

　真っ向から向かっていったとしても返り討ちに遭うのが関の山だろう。こちらが筋骨隆々の格闘家であれば勝算はあるかもしれないが、生憎《あいにく》、ただの自殺志願者三人組なのだ。

　三人は黙り込んだ。どうしたものかと頭を悩ませる。穴だらけの計画だ。当日までに、どこまでその穴を埋められるかが胆《きも》だろう。

ハロウィンまで、あと三日。

レイナに協力するか否か丸一日悩んだ末、早川は話に乗ることにした。

金を稼ぐ方法がある、と言っていただけで、レイナからそれ以上の詳しい内容は聞かされていない。安請け合いもどうかと思うが、とにかく今は手っ取り早く金を得たかった。すべては麻薬を買うためだ。ヤク切れの生活は思った以上に過酷で、気が狂いそうになる。

今日、仕事は休みだった。決意を固めた早川は、さっそくレイナの連絡先にメッセージを送った。

『例の件、やります』

という言葉を送信した直後、『どんな仕事なんですか？』と付け加えた。

レイナからの返信は早かった。彼女は簡潔に言葉を返した。

『身代金誘拐《みのしろきんゆうかい》』

えっ、と早川は思わず声をあげてしまった。

いい話には裏があるものだ。彼女の口振りから、あまり褒められた仕事ではないことは察していた。たとえば、マルチ商法や詐欺の手伝いといった、違法擦れ擦れから明らかにアウトのものまで幅広く覚悟していたつもりだった。

それが、まさかの誘拐。そうくるとは思わなかった。

『いや、誘拐って』メッセージを打ち込む指が震える。『どういうことですか』

レイナの返事は素っ気なかった。『金持ちの娘を誘拐して、身代金を要求する。それだけ』

それだけ、じゃないだろう。なにを考えているんだ、こいつは。憎たらしい金髪女の顔が目に浮かび、早川は眉をひそめた。

『詳しい計画は会って話すから』

待ち合わせの時間と場所を指定されたところで、やり取りは一方的に切り上げられてしまった。

身代金誘拐――馬鹿な話だ。そんなの、どうやったって上手くいくはずがないだろう。レイナに呆れ、早川は苛立ちを滲ませたため息をついた。

最悪の仕事である。引き受けなければよかったと、今更ながら後悔を覚えた。

「——いらっしゃいませ」

店のドアが開く音が聞こえ、橋爪は手元から顔を上げた。暖簾をくぐって現れたのは、プラチナブロンドの頭——常連客の榎田だった。

他に客はいなかったが、榎田は迷うことなくいつもの席、カウンターの端に腰を下ろした。これまたいつものように生ビールと串の盛り合わせを注文し、

「橋爪さん、この前はありがとね」

と、付け加えた。

先日、榎田は友人を連れて店に来てくれた。閑古鳥が鳴いているこの状況で、団体客での貸し切りは有難《ありがた》いことだ。久々に忙しく過ごし、充実した気分だった。橋爪は笑みを返した。「いえ、こちらこそ」

榎田は閉店の張り紙を一瞥《いちべつ》し、肩をすくめている。「こういうことになってから気付くもんなんだよねえ。もっと通えばよかった、って」

「榎田さんには、十分ご贔屓《ひいき》にしていただきましたよ」

榎田はビールを呷り、「人気にならないでほしいなんてさ、客側のエゴだよね」と呟くように言った。

カウンター越しに会話をしながら、串を焼いていく。焼き上がりを待っている間、榎田は酒を飲みながら、カウンターの上でパソコンを開いていた。彼の職業はＳＥとかプログラマーとか、ＩＴ関係だということを以前に聞いた覚えがある。常にノートパソコンやタブレット端末を持ち歩いているようで、こうしてキーボードを叩いている姿を、橋爪も何度か見かけたことがあった。

「お仕事、忙しそうですね」

橋爪は声をかけた。焼き上がった豚バラ串を、キャベツが盛られた皿の上に置きながら。

すると、

「あ、これは仕事じゃなくて」榎田が首を振った。「悪戯《いたずら》を考えてるんだ。ほら、もうすぐハロウィンだから」

ハロウィン――他愛無い雑談から飛び出したその言葉に、例の強盗計画が頭を過り、橋爪は無駄にどぎまぎしてしまった。

「……悪戯、ですか」

愛想笑いを浮かべて尋ねると、

「そう、悪戯」

榎田は歯を見せて笑った。

「たとえば、地元の有名なタレントのSNSを乗っ取って、ひたすら猫の写真をアップするとか。福岡タワーの電気系統をハッキングして、ライトアップをハロウィン仕様からクリスマス仕様に変更してみるとかさ」

悪い笑みを浮かべて「面白そうでしょ？」と話す榎田に、橋爪は呆気に取られてしまった。呆然《ぼうぜん》と相手の顔を見つめているうちに、危うく砂ずりの串を焦がすところだった。

——ハッキング、だと？

信じられない話だ。

悪戯のスケールが大き過ぎる。最初は、冗談のつもりだろうかと思った。酒の席での戯言《たわごと》かと。だが、榎田の目は笑っていない。口振りからしても、出任せを言っているようには思えなかった。

「……榎田さん、そんなことができるんですか」

これ以上は踏み込んではいけないような気がした。だが、どうしても気になってしまった。

　榎田は豚バラに嚙みつきながら頷いた。「まあね」

「本当は何者なんですか、あなた」

　恐る恐る尋ねると、榎田は涼しい顔で答えた。「まあ、一言で言えば、ハッカーってやつ」

　橋爪は驚き、目を見開いた。

「……もしかして、からかってます？」

「さあ、どうかな」

　榎田の唇が弧を描いた。

　――もし、その話が本当だとしたら。

　橋爪の頭にひとつの考えが浮かぶ。これは使えるかもしれない、と思った。

「……榎田さん、ひとつ訊いてもいいですか」

「なに？」

「その、ハッカーというのは」厨房の火を止め、橋爪はカウンター席の男に向き直った。「電気系統をハッキングして、ビルを停電させる――なんてこともできるんでしょうか？」

榎田は一瞬、真顔で黙り込んだ。それからすぐに表情を戻し、カウンターから身を乗り出す。

「なにそれ」榎田が楽しげに目を細めた。「詳しく聞かせてよ」

4回裏

春日清美に怪しい動きがあったのは、監視を始めて三日目のことだった。

最初の二日は、ごく普通の女子大生の生活を送っていた。大学に行き、授業を受け、友人と飯を食べてから帰宅する。その姿を尾行しながら写真や動画を隠し撮りすることが林の役目であったが、あまりの平凡さに退屈すら感じるほどだった。

三日目になったところで、そのルーティーンが崩れた。まず、清美の見た目に変化があった。黒髪のストレートだったヘアスタイルが、ゴージャス感のある巻き髪になっていた。前の日に美容室に行くようすはなかったので、もしかしたら自分でセットしたのかもしれないな、と林は見当をつけた。

大学の講義を終えてから、彼女は自宅と反対方向の路線バスに乗り、天神に移動した。地下街のアパレル店で派手めのワンピースを購入すると、それに着替えて今度は近くのカフェに入った。甘ったるいハロウィン期間限定のドリンクを飲みながらスマートフォンを弄り、日が沈むまで店に入り浸っていた。

夜になり、清美が動いた。カフェを出て中洲へと向かう。どこへ行くのかは予想がついた。

ホストクラブ【Adams】――大和が働いている店だ。

清美が入店した十数分後に、林も店の中に入った。大和の姿はなかった。どうやら今日は休みらしい。

林は奥のボックス席に案内された。アクアリウムと大理石に囲まれた店内を見渡していると、斜め前の席に清美の姿を見つけた。指名のホストと話をしている。かなり親密な雰囲気だ。

しばらくすると、

「――失礼します」

一人のホストが林の席にやってきた。

恭しく頭を下げたその男は、林の顔を見た途端、「げっ」と顔をしかめた。

――馬場だ。

いつものボサボサの髪の毛は外に流すようにセットされ、光沢のあるブルー系のスーツを身にまとっている。中のシャツの色は黒で、ざっくりと胸元が開いていた。いかにもホストっぽい格好で、別段似合わないこともないのだが、あまりに見慣れぬ姿に林は思わず吹き出してしまった。

「新人にしては、だいぶ薹《とう》が立ってんな」

からかうように言うと、馬場はむっとした。いつもより低い声で返す。「……何しに来たと」

「まあまあ、いいから座れよ」

ソファを叩いて促すと、馬場は不機嫌そうな顔で隣に腰を下ろした。

「そんな顔すんなって。お前がちゃんと働いてるか、心配してようすを見に来てやってんだろ。感謝しろよ」

「冷やかしはやめてくれん？」

まあ、たしかに半ば冷やかしのつもりではあったが。図星を突かれ、林は苦笑を返した。

大和の協力を得て、数日前から馬場を【Adams】に潜入させていた。清美が本当にこの店の常連客であるのかを調査するためであったが、林にとってはいつぞやの仕返しでもある。

馬場いびりはこれくらいにして、

「――で、どうだ？　仕事は進んでるか？」

と、本題に入った。

馬場は深いため息をつき、愚痴をこぼした。「雑用ばっかり押し付けられて大変なとって。忙しくて調査どころやなか」

この店はバイト使いが荒いようだ。馬場が「そっちは？」と話を振った。

「見てみろよ、あれ」

斜め前の席に、林はさりげなく目を向けた。

「清美は大学終わってから、しばらく時間潰して、この店に来た。わざわざ髪巻いて、服も着替えてる」隣のホストに視線を移す。「相当入れ込んでるみたいだな、あの男に」

「あの人、流星《りゅうせい》さんよ。この店のナンバー2ばい」

「へえ」

気付かれないよう、馬場と林はこっそり清美と流星を観察した。

「あのシャンパン、一本いくらすんの？」

「ポンパ？　たしか、五万やったかいな」

「ご、五万……」

清美のテーブルの上には、すでにシャンパンの瓶が二本も置いてあった。大学生とは思えない豪遊っぷりである。

清美がホストクラブ通いをしているというのは事実だった。とりあえず、これで裏は取れた。気付かれないよう端末のカメラを起動し、二人の姿を数枚隠し撮りしたところで、

「お前さ」と、林は清美を指差した。「あっちのテーブル行って、いろいろ探ってこいよ」

彼女の素行については、事細かに依頼人に報告しなければならない。情報は多い方がいいだろう。

「えー」

「えー、じゃねえよ。何のために潜入してると思ってんだ」

嫌がる馬場を後目《しりめ》に、林はボーイを呼びつけた。

「なあ、あっちの席にいるホストを場内指名したいんだけど」

黒服が尋ねる。「流星ですか?」

「そう。あのボトル三本入れるから、こっちの席に呼んでくんね?」林は清美のテーブルの上にあるシャンパンを指差した。それから、指先を馬場に向ける。「この新人

と交換で」

　もちろんです、と黒服は目を輝かせ、何度も頷いた。

「……ちょ、ちょっとリンちゃん」馬場が小声で咎《とが》めた。「そんな無駄遣いしたらいかん」

「なんだよ。お前だって前にボトル入れてただろうが、キャバクラで」

　シャンパンコールが終わると、馬場と入れ替わりで流星が席に着いた。歳は二十代半ばくらいだろう。黒髪で、ホストらしからぬ爽やかな雰囲気だ。たしかに顔立ちは整っているが、話はそんなに面白くはなかった。

　趣味のボルダリングについて熱く語る流星の話を、シャンパングラス片手に白けた顔で聞き流す。別にこの男のことを詳しく知りたいわけではない。目当ては清美の情報だ。

　適当に相槌《あいづち》を打ってから、

「なあ」と、林は本題に入った。斜め前のテーブルを指差し、尋ねる。「あの女、よく来るの？」

　清美と馬場が並んで座っている。馬場が懸命に話しかけているが、清美は退屈そうに携帯端末を弄っていた。お気に入りのホストを他の客に奪われ、あからさまに不機嫌そうだ。

「ああ、キヨちゃん？　だいたい週一、二くらいで来てくれるかな」

「いつも、どれくらい金使ってる？」

訊かれ、流星は一瞬黙り込んだ。ベラベラと客の個人情報を話していいものか悩んでいるようだ。

だが、林が「教えてくれたら、あの女より金使ってやるよ」と囁いた瞬間、面白いようにベラベラと喋《しゃべ》り出した。ちょろいな、と林は内心ほくそ笑んだ。

「数万のときもあれば、五十万超えるときもあるよ。大学生だって聞いたけど、親がお金持ちらしくてさ。指名が被ってるときは、競い合うみたいにボトル入れてくれるんだよね」

と言った直後、「清美様から流星くんにシャンパン頂きました」というマイクのアナウンスが、店中に響き渡った。

「こんな感じで」と流星がにやついた。いい金蔓《かねづる》にされているようだ。

流星が席を立ち、清美のテーブルに向かう。ホストに囲まれて得意げな清美の横顔を見つめながら、林は呟いた。「なるほど、親からの小遣いはこうやって消えてんだな」

江崎は三秒で吐いた。
拷問するまでもなかった。目を覚ますや否や、相手は「すみません、許してくださ
い」と何度も繰り返した。どうやら江崎は、我々のことを暴力団関係の人間だと思い
込んでいるようだった。たしかに、この見てくれと状況では捜査当局サイドの者には
見えないかもしれないが。
「お前、どこから商品買ったんだ？」
江崎の前髪を摑み上げ、マルティネスは問い詰めた。
「えっ」
「ブラウンシュガーだよ。学校のダチに配ってただろ」
「あ、ああ、あれは」どもりながら、江崎は答えた。「同じ中学に通ってた先輩から、
売ってもらったんです」
「そいつの名前は？」
「大熊《おおくま》」

リカルドが口をはさむ。「そいつがブラウンシュガーをどこから仕入れてるか、知ってるか？」

「さ、さあ」江崎は首を捻った。「先輩も、誰かから買ったって言ってました」

マルティネスとリカルドは顔を見合わせ、肩をすくめた。末端に次ぐ末端。なかなか黒幕にたどり着けない。手間のかかる捜査になりそうだ。

リカルドの知り合いの麻薬取締官に江崎の身柄を引き渡してから、マルティネスたちは東区へと車を走らせた。

「ブラウンシュガーか。この街のトレンドも変わったな」

マルティネスは苦笑した。

これまで、この国では専ら大麻や覚醒剤、合成麻薬や違法ハーブが人気で、ケシを原料とするヘロイン系は日本人の好みではないと言われていた。だが、ここ数年の間にヘロインの密輸量は急速に増えている。麻薬の好みも欧米化しているようだ。

「今度は、いったいなにが起こってるんだ？」

リカルドはＤＥＡの捜査官だ。いくら相手が友人の協力者とはいえ、捜査情報を子細漏らすわけにはいかないだろう。彼は掻《か》い摘《つま》んで説明した。

「今、我々が調べているのは中東のテロ組織だ。彼らの資金源はヘロイン系の麻薬なんだが、内戦の影響もあって流通ルートが絶たれてる。そこで、組織は大きく迂回《うかい》し、アジアを経由するルートを確立しようとした。その中継地の候補に、福岡も入っている」

「なるほど」

「組織のメンバー数人は、すでに福岡入りしているらしい」

「要するに、商売の下見をしてるってわけか」

ようやく話が見えてきた。

「これからこの国は、売人も客も増えるだろう」

運び込むより国内で製造した方が早い。マルティネスは「そのうち日本も、国産のドラッグが主流になるかもな」と冗談っぽく言ったが、あながち冗談で済まない問題かもしれない。

コカの葉はコロンビア、ケシの花はアフガニスタンが最大の原産地だ。合成麻薬においては、原薬の最大の輸出国は中国である。これは昔から変わらないが、今後どうなるかはわからなかった。

「大麻ならともかく、コカの栽培は厳しいだろう」と、リカルドがハンドルを切りながら言う。

コカイン1キロを生産するためには、原料となるコカの葉が1トンほど必要だと言われている。広大な土地と安い労働力がなければ、商売にならない。

「たしかにな」とマルティネスは頷いた。それと同時に、昔の記憶が蘇《よみがえ》る。ベラクルス・カルテルの麻薬王——ドン・ラミロの側近だった頃の思い出だ。コロンビアのコカ農家を視察するボスの付き添いをしたことがあった。

「……どうした？」

リカルドが横目で見た。

「昔を思い出した。ラミロとコカ畑の視察に行った日のことを」

コロンビアの貧しい農家は麻薬市場の奴隷にされてきた。バナナは植えてから収穫まで一年かかる。市場で売っても一房で五千ペソ程度の稼ぎだ。トウモロコシはアメリカからの安い輸入品が増加し、価格は下がる一方。おまけに運搬コストが高く、下手したら赤字になる場合もある。コーヒーは栽培に費用がかかり、価格も不安定。気候変動に大きく影響される。多くの農家は合法的に収入を得る道を見つけられず、麻薬組織の言いなりにならざるを得ない状況だった。

だが、中にはそうでない者もいた。

「ある農家が、コカ栽培から手を引きたいと言い出したんだ」

「それで？」

「ラミロはその農家の頭を銃でブチ抜いて、手下に命じた。『こいつを埋めてコカの肥料にしとけ』ってな」

「あいつらしい」と、リカルドが嗤う。「農家ひとり死んだところで、痛くも痒《かゆ》くもないってか」

「事実、そうだからな」

代わりはいくらでもいた。貧しい農家は、割のいい裏の仕事をちらつかせると簡単に飛びつく。自身が生産に携わる麻薬が後にどんな悲劇を生み出しているかなど、少しも想像することなく、ただ生活のために法を犯すのだ。

いくら麻薬の売人や使用者を取り締まったところで、結局のところ供給源を絶たないことには、この世から薬を根絶させることはできない。作る者がいるから売る者がいる。売る者がいるから買う者がいる——どう足掻《あが》いてもその構図は崩せない。それは、麻薬捜査に関わる全ての人間が察しているはずだ。麻薬に毒されていない世界を作るなんて、夢物語であると。

おそらく、この男もそうだ。

「……なあ」

　ふと、気になった。マルティネスはリカルドに尋ねた。

「お前は、なんで麻薬捜査官になったんだ？」

「気分がいいからだ」と、リカルドは答えた。「ドン・ラミロみたいなクソ野郎をブタ箱にブチ込むのは、最高に気分がいい」

「なるほど」マルティネスも歯を見せて笑った。「そりゃ、癖になりそうだな」

　しばらくして、目的地に到着した。建ち並ぶこの団地の一室に、その大熊という男は住んでいるらしい。江崎から聞き出した情報を頼りに、目当ての部屋のインターフォンを押す。

　ドアが開き、

「……誰？」

と、いかにもジャンキーらしい虚ろな目をした男が顔を出した。

　マルティネスはドアを手で摑み、思い切り引っ張った。隙間からリカルドが身を滑り込ませ、大熊を拘束する。

「ちょ、ちょっと、なんだよ急に」

「おとなしくしろ」

　後ろ手に手錠を掛けられた大熊は、何がなんだかわからず目を白黒させている。

部屋の中には、他に誰もいなかった。部屋中に煙たい空気が充満していて、マルティネスは思わず顔をしかめた。「うえ、葉っぱ臭えな」

大熊の部屋は様々な麻薬で散らかっていた。粉末に錠剤。使用済みの注射器も床に放り捨てられている。なにかを炙《あぶ》ったような痕跡もあった。重度の中毒者だということが窺《うかが》える。

窓を開けて換気していると、背後でリカルドの鋭い声が聞こえてきた。「江崎にブラウンシュガーを売ったのは、お前だな」

問い詰められ、大熊は首を捻った。「え、あー、そうだっけ？」

「どこから仕入れた？」

大熊の脳は薬物に蝕《むしば》まれ、まったく頭が働いていないようだった。にやにやしながら答える。「えー？　どこだっけ？　忘れちゃった」

リカルドは舌打ちをこぼし、

「これで思い出すか？」

と、拳銃を抜いた。大熊の額に銃口を突きつけている。「ひっ」と、大熊は喉を鳴らした。さすがに目が覚めたようだ。

「もう一度訊く。どこから仕入れた？」

「お、卸し屋がいるんだよ」

大熊が吐いた。

「川口《かわぐち》っていう男で、そいつがなんか、海外の組織にツテがあるらしくて。いつも大量にヤクを買い付けてんだ。俺はそれを分けてもらってるだけで――」

……いつまで続くんだ、この茶番は。

マルティネスは少しうんざりした。


張り合うようにボトルを入れる清美に内心呆れながら、林は適当なところでホスト遊びを切り上げ、【Adams】を後にした。

店の前で張り込むこと二時間、清美が姿を現した。こっそり後を付けたところ、彼女はゲイツビルの前で足を止めた。時計をしきりに気にしている。誰かと待ち合わせをしているようだ。林は離れた場所から彼女を監視した。

しばらくすると、そこに男が現れた。黒いコート姿。帽子とマスクで顔を隠している。二人は合流した後、近くにあるビジネスホテルに入っていった。その一連のようすは、しっかりと写真に撮っておいた。

「……ホスト遊びの後は、男とホテルか」

親が知ったらひっくり返るだろうな、と林は失笑した。

それにしても、あの男は誰なのだろうか。林は首を傾げた。さっきのホスト——流星か？　ホテルに行くほどの親密な関係の相手と考えれば、思い当たる男は彼くらいしかいない。アフターでホテルというのも、清美の金払いの良さを考えればあり得ない話ではなさそうだ。

いずれにしろ、しばらくはホテルから出てこないだろう。林は尾行を打ち切り、再びゲイツビルに戻った。ここで馬場と落ち合うことになっているのだが、馬場の姿はなかった。とっくにホストクラブの閉店時間は過ぎているが、どうせ片付けでも押し付けられているのだろう。茶でも飲みながら待つかと思い、林はビルの一階にあるカフェに入った。

レジでカフェオレを受け取ってから店内を見渡していると、見慣れたキノコ頭を見つけた。店の隅にある四人掛けの席に座り、相変わらず小憎たらしい顔でパソコンを弄っている。

「よう、キノコ」と、林は背後から声をかけた。

榎田がパソコンから顔を上げ、振り返る。「やあ」

「なにしてんだ？」

パソコンを覗き込む。画面には、ポップな字体で書かれた『HAPPY　HALLOWEEN』の文字。ナイトクラブのホームページが表示されている。コスプレイベントが開かれる予定らしい。そのフライヤーには、日時は十月三十一日の夜七時から、と書かれていた。

「行くのか？」と、林は眉をひそめた。「この日って、ジローの店でパーティやることになってるだろ」

ハロウィンの日に店を貸し切りにして豚骨ナインだけのパーティを開くから、仮装して遊びにきてね——ジローはそう言っていたはずだ。

すると、

「行かないよ」榎田は首を振った。「ちょっと仕事でね、この店について調べてるだけ」

「……仕事、ねえ」

もう一度、パソコンを見遣る。画面の端には、監視カメラらしき映像が表示されている。廊下のような場所だった。リアルタイムの映像のようなので、おそらくどこかのカメラをハッキングして覗き見しているのだろう。仕事熱心な奴だなと思う。

林が向かい側の席に腰を下ろしたところで、

「ごめん、リンちゃん。待たせたねえ」

と、馬場が現れた。

草臥れた顔で愚痴をこぼしている。「マネージャーが人使い荒くてさ。店の掃除までさせられて、大変やったとよ」

合流した馬場を見て、

「え、なにその格好」

と、榎田が目を丸くした。

「ホストに転職した？」

「いや、ちょっと仕事でね」

「……仕事、ねえ」

しばらく世間話を交わしてから、榎田と別れた。馬場と林はタクシーを拾い、事務所に戻った。

後部座席に並んで座り、数分ほど車に揺られていると、急に「うっ」と馬場が口を押さえた。

「飲み過ぎたぁ」

「おい、ここで吐くなよ」

「しばらくシャンパンの顔は見たくなかぁ」

新人の馬場はかなりの量を飲まされたようだ。酒好きの男が珍しく青白い顔をしている。

「まさか、春日清美にあんな裏の顔があるとは思わんかったね」

という馬場の言葉に、まったくだと林は頷いた。「事務所に戻ったら、報告書まとめようぜ」

親からの小遣いの使い道も、夜遊びや外泊の理由も判明した。あとは調査結果をまとめて清美の親に報告すれば、今回の仕事は完了である。

「……そういえば」と、林は先刻のフライヤーを思い出した。「もうすぐハロウィンだな」

「そうやねえ」

「どうする、ジローの誕生日プレゼント」

馬場は「どうしようかねえ」と生返事をした。飲み過ぎで頭が働いていないようだった。

ハロウィンパーティまで、あと二日しかない。仮装の衣装も買わないとな、と林は呟いた。

5 回表

目を覚ましたときには、とっくに正午を過ぎていた。

だが、出勤時間まではまだ余裕がある。普段なら二度寝するところなのだが、今日はやらなければならないことがあった。早川はベッドから起き上がり、身支度を始めた。

家を出て、歩きながら件《くだん》の儲け話を思い返す。昨夜、早川はレイナに呼び出され、誘拐の計画を聞かされた。

彼女の話では、ターゲットは福岡で会社を経営している実業家夫婦で、誘拐するのはその一人娘だという。名前は春日清美。市内の大学に通う令嬢なのだが、どうやらレイナと清美は面識があるようだ。同じ大学に通っているのかもしれないな、と早川は推測した。

「金持ちだし、五千万くらいは吹っ掛けられるでしょ」と強気な発言をしたレイナに、早川は仰天してしまった。

日本全国の誘拐事件をチェックしているわけではないので断言はできないが、過去に身代金誘拐が成功した試しは、自分の知る限りではひとつもない。本当に大丈夫なのだろうかと早川の不安は募るばかりだ。誘拐に失敗して逮捕されてしまえば、自分の薬物に関する余罪も暴かれてしまうだろう。刑期がどこまで延びるか知れたものではない。

だが、レイナは自信満々だった。「絶対に成功する」と豪語していた。

もし彼女の宣言通り誘拐に成功し、五千万を手に入れることができれば——リスクは大きいがリターンも大きい。想像し、早川は思わずにやついてしまった。報酬の分け前は三対二ということで話がついているので、早川の取り分は二千万。十分すぎる額である。その金があれば、どれだけの麻薬が手に入るだろうか。二千万円分のドラッグに囲まれて生活したら、さぞ幸せなことだろう。考えるだけでぞくぞくした。

娘の誘拐はレイナが担当することになっている。早川は連絡係を命じられた。移動している最中に、レイナからメッセージが届いた。『家に電話かけて』という簡潔な一言だけだったが、首尾は上々のようだ。春日家の一人娘の誘拐が成功したことを知らせる合図である。

しばらく歩いていると、天神に到着した。地下街に潜り、公衆電話の赤いボックスに身を滑り込ませる。近くに人がいないことを確認してから、ボイスチェンジャーを取り出し、公衆電話に硬貨を入れた。ダイヤルする指が震えていて、早川は自分が緊張していることに気付いた。

春日家の番号はレイナから教えられている。電話をかけると、数回呼び出し音が鳴った後で、女性の上品な声が聞こえてきた。『はい、春日でございます』

「春日康江か？」と、早川は打ち合わせ通りの台詞を告げた。

春日康江は清美の母親だ。

相手は頷かなかった。だが、康江本人であることに間違いないだろう。しばらく黙り込んだ後で、警戒した声を発した。『……どちら様でしょうか』

「お前の娘を誘拐した」

電話越しに、康江が息を呑《の》んだ。

「明日までに五千万円を用意しろ。警察に通報したら娘の命はない。また連絡する」

緑色の受話器を置き、早川は電話を切った。どうにかレイナの指示通りに事を進めることができた。ふう、と安堵《あんど》の息を吐く。

これで第一段階は完了だ。

橋爪の店は、今日は定休日だった。月末には店仕舞いだ。これが最後の定休日になる。

客のいない店内で、橋爪とマキ、トモヤの三人は奥のテーブルを囲んで座った。今日は強盗計画の最終確認のために集まっている。二人とも飲める口だということが前回の居酒屋で判明したので、橋爪は余っていた客のキープ用ボトルを開けることにした。九州産の芋焼酎を三人分のロックグラスに注ぎ、乾杯する。

グラスをテーブルに置き、

「アレ、用意できました」

と、トモヤがさっそく本題に入った。大きなケースの中から取り出したのは、三丁の拳銃だった。

「使い方、わかります？」

「わかるわけないでしょ」と、マキが鼻で笑った。

まったくだと橋爪も同意した。自分の人生において、まさかこんなものと縁があるとは思わなかった。

トモヤが「あとで教えます」と言った。あくまで拳銃は脅しのためだが、使えて損はないだろう。万が一のときはこれで身を守らなければならない。橋爪は使う機会がないことを祈った。

今回のターゲットとなる裏カジノは、【10thousand】というナイトクラブの中にある。強盗の計画実行日は十月三十一日。この日はちょうどハロウィンイベントが催されており、仮装していない客は入店できない決まりになっている。

当日の衣装はマキに任せていた。「私も用意しましたよ」と言って、彼女が大きな袋の中から取り出したのは、ゾンビの顔を象ったマスクと、ボロ布のような服。ちゃんと三人分ある。

代表して、トモヤが試着することになった。ゾンビマスクを頭に被った彼は、

「これ、視界悪くないすか」

と口を尖らせた——かどうかは、マスクを被っているのでわからないが、そんな声色で言った。

「こんなもんじゃないの？」マキが返した。「ほら、銀行強盗だって、よくマスクとか被ってるし」

　実際の銀行強盗を見たことはないので何とも言えなかったが、ドラマや映画で見かける強盗はたしかに被り物をしていることが多い。このゾンビマスクも視界は悪いだろうが、その反面、顔をしっかり隠すことができる。犯罪者にはうってつけかもしれない。

「いいじゃないか、ゾンビ」と橋爪は笑った。「俺たちに合ってる」

「そっすね」

　マスクを脱ぎ、トモヤが頷いた。屍《しかばね》のように生きている自分たちには、ぴったりの仮装かもしれない。

　それから、橋爪たちは再度、当日の流れを確認した。

「店に入ってからは、これを使う」

　と、橋爪は用意していた暗視スコープを焼酎の隣に置いた。ネットの通販で購入したものだ。

「なんすか、これ」

「暗視スコープだ」

「暗視？」

「仮装をしてクラブに入ったら、奥の通路からカジノに向かう。そのときに、停電が起きることになっている。だから、暗闇に備えて、このスコープを付けておく」

「停電って――」

と、マキが目を丸くした。トモヤもどういうことだと首を傾げている。

あの日、常連客の榎田にはすべてを打ち明けた。裏カジノ強盗を計画していることを。すると、彼は二つ返事で計画に加担してくれた。「いいねえ、楽しそうじゃん」とかなり乗り気のようすで、件のテナントビルを調べていた。

「ハッカーの知り合いに頼んだんだ。その人が、俺たちがカジノに着いたタイミングで店全体を停電させてくれる。暗闇の方が動きやすいだろう」

なるほど、と二人は揃って感心した。

「電気が復旧するまでは、約五分の猶予がある。その間に、俺たちは関係者用の通路を通り、裏カジノの外と中にいる四人のガードマンをすばやく制圧しなければならない」

格闘術の心得があれば簡単かもしれないが、こちとら素人三人組だ。闇に乗じて背後を取り、思い切り殴りつけて気絶させるくらいしかできない。

だが、ガードマンさえ何とかしてしまえば、あとは中の客を脅して金を奪うだけである。

「……いよいよ、明日っすね」

トモヤがちらりと壁の時計を見た。針が十二時を回り、日付が変わっていた。十月三十日。計画実行前日だ。

「そろそろお開きにしようか」と、橋爪は腰を上げた。「明日に備えて、ゆっくり休もう」

「そうですね」

相手は犯罪者が経営する裏カジノだ。警察沙汰になることはなくとも、失敗したらおそらく殺される。

だが、成功すれば、大金が手に入る。

上手くいくだろうか、という不安は、いつの間にか消えていた。これまでに感じたことのないような静かな興奮が、橋爪の心に沸々と湧き上がってきた。

5回裏

林は博多駅から地下鉄で天神に向かい、そこから地下を通って商業ビルに入った。今日の目的はこのビルの中にある大型の雑貨店だ。ハロウィン直前とあって、店のフロアには仮装グッズがずらりと並べられている。カチューシャや帽子、マスクや仮面といった小物から、全身セットになった本格的なコスプレ衣装まで、ありとあらゆる商品が揃っていた。

ゾンビ、吸血鬼、悪魔、カボチャのお化け——陳列されている様々な種類の衣装に小一時間ほど頭を悩ませた末、林はその中から二着を選んでカゴに入れた。ひとつは自分の分で、もうひとつは馬場の分である。「ついでに俺の分も買ってきとって」と彼に頼まれていた。

明日の夜、ジローの店でハロウィンパーティが開かれることになっている。ジローとミサキは手作りのお菓子を用意すると張り切っていた。馬場をはじめ、豚骨ナインはお祭り好きなのぼせもんの集まりだ。他のメンバーもパーティを楽しみにしているようだが、林も例外ではなかった。普段と違う格好をする機会など、仕事以外ではなかなかないだろう。

今日の目的はもうひとつあった。仮装グッズを購入した後、林は天神の街をうろついた。ジローの誕生日プレゼントを探すためである。プレゼントは馬場と連名で贈ることになった。これまた、馬場から「リンちゃんのセンスに任せるけん」と頼まれていた。すべての責任を人に押し付けやがって、と最初は不服に思ったが、とはいえ馬場に任せたらとんでもない代物を買ってきそうなので、まあ仕方がないかと納得して引き受けることにした。

ビルの地下から直通の通路を通り、林は天神地下街――通称『てんちか』に足を踏み入れた。十九世紀のヨーロッパの街並みをイメージして作られたという、全長590メートルもある石畳の道はなかなか小洒落《こじゃれ》ているが、ヒールを履いていると結構歩きにくく、たまに躓《つまず》いたり足を挫《くじ》いたりしそうになってしまう。

二、三時間ほど徘徊した末、林は時計屋に入り、ユニセックスなデザインの腕時計を購入した。時計とベルト部分は大きく、男性的な雰囲気だが、文字盤にはシルバーの装飾とダイヤモンドがあしらわれていて、可愛《かわい》らしさも兼ね揃えている。値段に見合う高級感もある。これならジローも気に入ってくれるだろう。

ハロウィンの衣装とジローのプレゼントを購入し、無事に目的を達成した林は地下鉄に乗り、馬場探偵事務所に戻った。ドアを開けると、事務所の主はパソコンと向かい合い、眉間に皺《しわ》を寄せているところだった。

「どうだ、進んでるか？」

進捗を尋ねると、馬場は苦笑をこぼした。「なんとかね。あと三割くらいで終わるばい」

「俺が出かける前も、『あと三割』って言ってなかったっけ？」

今朝からずっと、馬場は報告書の作成に勤《いそ》しんでいる。春日清美の素行調査結果をまとめ、依頼人である母親に渡さなければならない。

キーボードを叩きながら、

「そっちは？」と、馬場が話を逸《そ》らした。「いいの見つかった？」

「ああ。買ってきたぜ、ハロウィンの衣装」

と、林は買い物袋を掲げた。

「おー、ありがと」キーボードを叩く手を止め、馬場が顔をこちらに向ける。「何の仮装にしたと？」

「お前はミイラ男な」

林は買ってきた商品を、「ほら」と馬場に向かって投げた。

ミイラ男の衣装が入った袋を、馬場が片手で摑み取る。包帯をぐるぐる巻きにしたような被り物と、ボロボロの服のセット。そのパッケージを見た途端、馬場は少し嫌そうな顔をした。「えー……」

「お前、まだ包帯取れてないだろ？　だから、ちょうどいいと思ってさ」

「もっとカッコいいのがよかった」

「なんだよ、文句あんのか」

「コスプレまで包帯巻きたくなかぁ」むっとしてから、尋ねる。「リンちゃんはなん着ると？」

「キョンシー」

映画などでもお馴染《なじ》みの妖怪で、中国版のゾンビのようなものだ。それを可愛らしくアレンジしている衣装を購入した。中華風の黒いワンピースと帽子、黄色の御札《おふだ》のセットを取り出し、林は体に当てながら馬場に見せびらかした。

「どうだ？　似合うだろ」

馬場が肩をすくめた。「……自分だけ可愛いの選んでから」

「文句があるなら交換するか？」

「よか」

拗《す》ねた子どものような顔をして、馬場は目を背けた。パソコンに向き直り、忙しく指を動かしている。

「ジローのプレゼントは腕時計にしたぜ」

報告すると、馬場は作業を続けながら答えた。「おー、いいやん」

「プレゼント代は割り勘だぞ」

「わかっとるって」

これで、やらなければならないことはだいたい終わった。あとは馬場の報告書待ちだ。ソファに腰を下ろし、作業の進捗を尋ねる。「あと何割くらい？」

「三割五分」

「……増えてんじゃねえか」


江崎を絞ったら大熊の名前が出てきた。大熊を絞ったら川口という男の名前が出てきた。

川口を絞れば、その口から今度は誰の名が出てくるのだろうか。

キリがないな、と思う。助手席にふんぞり返り、マルティネスは欠伸《あくび》を嚙み殺した。隣でハンドルを握るリカルドに声をかける。「……なあ、俺はいつまで付き合えばいいんだ？」

「こうなったら、乗りかかった舟だろ」

前を向いたまま、リカルドは答えた。

どうやら最後まで手伝わせるつもりらしい。「人使いの荒い捜査官だな」とマルティネスは苦笑をこぼした。

「そう心配しなくとも、次は元締めにたどり着くさ」

「何を根拠に？」

「勘だ」

リカルドの珍しい発言に、マルティネスは片眉を上げた。勘に左右されるような性質ではなかったはずだが、いろいろと心境の変化があったのかもしれない。

「ラテン系は楽観的だな」

「俺はアメリカ人だ」

「そうでした」

他愛無い会話を交わしてから、

「次は骨のある奴だといいんだが」

と、マルティネスは指の関節を鳴らしながら言った。

友人の手助けをすることに文句はない。なにが不満なのかといえば、退屈なことだった。暴れ足りない気分なのだ。古い友人が隣にいるせいか、昔の血が騒いでいるのかもしれない。

川口の居場所は大熊から聞いた。川口は福岡市南区にある小さな倉庫に商品を隠しているらしく、日中はここで仕事をしているそうだ。

車を走らせること二十分。目当ての倉庫に到着した。車を停《と》め、建物に徒歩で近付く。

倉庫の中には人の気配があった。扉の鍵は開いているようだ。マルティネスは無遠慮にドアを開けた。

いきなり突入したマルティネスに、リカルドは頭を抱えていた。「お前はもう少し慎重になった方がいい」

川口は中にいた。この倉庫は商品の保管場所であると同時に、作業場でもあるらしい。川口以外に二人の手下がいて、全員で麻薬の仕分けをしている最中だった。ブラウンシュガーを計量し、透明の小さな袋に詰め込んでいる。

「そこまでだ、全員動くな」

と、リカルドが命じた。DEAの身分証を高く掲げている。

突然現れた捜査官に、男たちは目を剝《む》いていた。

だが、おとなしく捕まる気はないらしい。計量スプーンを鉄パイプや金属バットといった鈍器に持ち替え、川口たちは襲い掛かってきた。

「いいねえ」と、マルティネスはにやついた。「そうこなくっちゃな」

川口の部下らしき男が二人――背の高い方がマルティネスに殴り掛かった。その拳を、マルティネスは正面から受け止めた。腕を取られた相手はなんとか拘束を逃れようともがいているが、マルティネスの腕力の前ではびくともしない。苦し紛れに反対の腕を大振りした。同じようにその腕も摑み、両手を拘束する。男は身動きが取れないでいる。

無防備になった相手の頭に、マルティネスは思い切り頭突きをお見舞いした。

あまりの衝撃に、相手はふらついている。マルティネスは相手の頬に大きな拳を叩き込んだ。

男は気を失い、その場に倒れた。

片が付いたところで、リカルドに視線を移す。もう一人の男と格闘しているところだ。攻撃を避けてから、相手の顔面を肘で突き、倒れた体に圧《お》し掛《か》かる。

後ろ手に手錠を掛けたところで、リカルドが叫んだ。

「おい、逃げるな！」

振り返ると、川口が逃亡を図っているところだった。麻薬を詰め込んだ大きなバッグを抱えている。

マルティネスは全速力で追いかけ、ドアから出ようとした川口の襟を摑み、地面に引き倒した。抵抗する男の鳩尾《みぞおち》を一発殴り、おとなしくさせたところで、リカルドが手錠を掛けた。

制圧完了だ。マルティネスたちは尋問に移った。これまでの連中と比べると、川口はまだ骨がある方だった。数回殴りつけた程度では口を割らなかった。

「――もう一度だけ訊く。ブラウンシュガーの出所は？」

「し、知らねえ」

その後も拷問を続け、川口の顔が腫れ上がってきたところで、ようやく彼は口を開いた。

「……ジェイなら知ってるはずだ」

「ジェイ？」

マルティネスはリカルドの顔を見た。リカルドは首を左右に振った。聞いたことはないようだ。

川口は血の混じった唾を吐き出してから、言葉を続けた。「そう呼ばれてる。本名は知らねえ。ジェイは海外の組織にコネを持ってて、福岡に密輸したヘロインを分けてもらってるらしい。俺はただ、そいつと取引してるだけで、このブラウンシュガーがどこの商品なのかは知らねえんだよ」

川口の話によると、ジェイとの取引はいつも【10thousand】という店の中で行っているそうだ。中洲にあるナイトクラブだ。その店なら、マルティネスもよく知っている。

「次の取引はいつだ？」

「……明日だ」川口が答えた。「ヘロイン5キロを買い付けた」

「よし」リカルドが川口に命じる。「捜査に協力しろ」

マルティネスは尋ねた。「おい、どうする気だ？」

「明日、こいつの代わりに、俺がそのジェイに会う」

その日、天神の雑貨屋を訪れた斉藤は、陳列されている様々な仮装グッズを前にして頭を悩ませていた。

ハロウィンパーティのための衣装を買いに来たのだが、こうも種類が多いと決めかねてしまう。腕を組み、「どうしようかな」と唸っていたところ、

「――あれ、斉藤じゃね？」

声をかけてきた男がいた。

知り合いだった。同じ草野球チームの仲間である、大和だ。

大和は手に商品を持っていた。コスプレ衣装のようだ。

「大和さんも、衣装買いに来たんですか？」

「ああ」と、大和が頷く。「オレは吸血鬼」

「似合いそうですね」

「お前は？」

「それが、まだ決まらなくて……」

　ははは、と斉藤は苦笑いを浮かべた。

　これにしろよ、と大和が指差したのは、今年ブレイクしたピン芸人の仮装セットだった。

「……ハロウィンパーティっていうより、忘年会の余興って感じじゃないですか」

　斉藤は眉をひそめた。却下だ。

　大和と別れてからも、斉藤は頭を悩ませながら広い店内を彷徨った。しばらく時間が経ったところで、

「――あ、斉藤くんじゃん」

　また声をかけられた。

　振り返ると、知り合いが立っていた。今度は榎田だ。

「榎田さんも、衣装を買いに?」

「まあね」榎田が頷いた。「ボクはこれを着るつもり」

　と、彼は悪魔の衣装のセットをこちらに見せてきた。

「なんか、ぴったりですね」

「……どういう意味?」

　吸血鬼に悪魔か。賑やかなパーティになりそうだな、と思う。

榎田と別れてからも、しばらく斉藤は悩み続けた。

店を訪れて小一時間ほどが経ったところで、

「——おや、斉藤くんじゃないですか」

またまた声をかけられた。

振り返ると、今度は眼鏡をかけた男が立っていた。佐伯《さえき》だ。ここへ来た目的は斉藤たちと同じようだ。佐伯は買い物袋を手に提げていた。

「佐伯先生は、何の仮装をするんですか?」

訊けば、

「僕は」と、佐伯は購入したばかりの商品を見せてくれた。「これにしようと思いまして」

白い仮面に黒いローブ、大きな鎌——死神の仮装セットだった。

「なるほど」

と、斉藤は神妙な面持ちで呟いた。

「斉藤くんは?」

「それが、まだ決まってないんですよ」

ジローとミサキは魔女の格好をすると言っていた。大和は吸血鬼で、榎田は悪魔。

佐伯は死神ときた。他のメンバーとはなるべく被らないようにしたいところだ。

「これなんてどうですか？」

と、佐伯がワゴンを指差した。

そこには、カボチャの被り物がずらりと並んでいた。目と鼻と口がくり抜かれたお馴染みのデザインだ。ハロウィンのために大量に仕入れたのか、同じ商品が山のようにワゴンに積み上げられていて、手に取る客の姿もちらほら見受けられた。

「ハロウィンといえば、ジャック・オ・ランタンですよね」

定番だ。佐伯の言葉に、斉藤も「たしかに」と納得を覚えた。


一時間後、ようやく調査報告書が完成した。

出来上がったばかりの冊子を手に、林と馬場は車に乗り込んだ。愛車のミニクーパーを走らせること三十分、大濠《おおほり》にある住宅街に到着した。

さすがは会社経営者とあって、依頼人の自宅は立派なものだった。ガレージには車が三台。どれも海外の高級車だ。三階建ての家を取り囲むように、手入れの行き届い

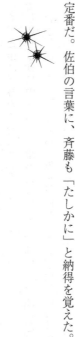

た庭が広がっている。いかにも金持ちの邸宅という雰囲気だった。

ベルを押すと、自動で門が開いた。しばらく石畳の道を進み、ようやく現れた入り口のインターフォンに手を伸ばしたところで、玄関のドアが開いた。

中から、春日康江が恐々と顔を出す。

「……お、お入りください」

早く、と康江は林たちを急《せ》かした。

滑り込むように中へと足を踏み入れながら、林は首を傾げた。どうにも康江のようすがおかしい。きょろきょろと外を見回してから、康江はさっとドアを閉めた。異様に自宅の周囲を気にしている。まるで、殺し屋に命でも狙われてるんじゃないかと思うほどだった。

さすがに馬場も気付いているようだ。調査報告書を取り出すよりも先に、「どうかしたんですか」と眉根を寄せた。

よく見ると、康江の手は震えていた。なにかに怯えているようだった。心なしか顔色も悪い。

「お困りのことがあるんでしたら、お力になりますよ」

という馬場の言葉に、康江は一瞬、泣きそうな顔になった。それから俯き、黙り込んだが、打ち明ける気になったのか、しばらくして口を開いた。

「……実は、娘が誘拐されたんです」

さすがにその展開は予想していなかった。「えっ」と林と馬場は目を丸め、顔を見合わせた。

「詳しい話は、こちらで」

場所を移動する。林たちは応接用の小部屋に通された。

まさか、ただの素行調査の仕事が誘拐事件に発展するとは。康江と向かい合って座り、林は詳しい事情を尋ねた。「誘拐って、どういうことだよ」

「昨日、電話があったんです。『娘を誘拐した。警察には通報するな』って」

「……誘拐の常套句だな」

「悪戯の可能性は？」

康江は首を振った。「昨夜からずっと、清美と連絡がつかないんです」

「それで、警察には？」

「通報していません。清美になにかあったらと思うと、怖くて……」

康江は両手で顔を覆った。

「誘拐のこと、ご主人はご存知なんですか？」

「いえ、まだ知りません。先週から海外出張で、連絡が取れなくて。福岡に帰ってくるのは、早くて明日になるかと思います」

誘拐犯から脅迫があってから丸一日、康江はこの問題をずっと独りで抱え込んでいたようだ。やつれた顔をしているのも無理ないだろう。

「犯人の要求はなんだ？」林は尋ねた。

「お金です。五千万円を用意しろって言われて」

「用意したのか？」

「はい」と、康江は部屋の隅にあるジュラルミンケースに視線を向けた。あの中に身代金を詰め込んだようだ。

「犯人に心当たりはありますか？」

馬場の質問に、康江は首を捻った。まったく心当たりがないという表情だった。それもそうだろうな、と思う。春日家の主は著名な地元企業の社長だ。金持ちだということは近所でも有名だろうし、この豪華な家を見れば誰だって金の匂いを嗅ぎつけるはずだ。彼らと面識がなくとも、社長令嬢の誘拐計画を企てる輩はいる。

そういえば、最後に清美の姿を見たのは――と、林は記憶を掘り起こした。たしか、中洲のホストクラブに行った日だ。あの夜、清美は男とビジネスホテルに消えた。おそらく誘拐されたのは、その後のことだと考えられる。

──もしかして、犯人はあの男か？

密室の中なら何でもできる。共にホテルに入ったあの男なら、清美の誘拐も容易だろうが。

「お願いです」と、康江が頭を下げた。「清美が無事に帰ってこられるよう、協力してはいただけませんか」

「もちろんです」

馬場が頷いた。

林も協力するつもりでいた。自分があの時点で清美の尾行を打ち切らなければ、彼女が誘拐されることはなかったかもしれない。今回の事件を防ぐこともできたかもしれない。そう考えると、少なからず責任を感じてしまい、無視するわけにはいかなかった。

そのときだった。電話の着信音が鳴り響き、康江がびくりと肩を揺らした。固定電話の子機を手に取り、通話ボタンを押す。

スピーカーに切り替えると、機械的な音声が聞こえてきた。『──金は用意できたか？』

誘拐犯からの電話だ。ボイスチェンジャーを使用しているようだが、口調からして犯人は男であるように思えた。

「は、はい」

『明日の夜八時に、金を持って【10thousand】というクラブに来い』

どこかで聞いたことのある名前の店だな、と林は思った。

『それから』と、犯人が付け加える。『金の運搬は、お前以外の人間にやらせろ。信頼できる奴に頼め』

警察には通報するなよ、と犯人は念を押した。

電話はそこで切れた。信頼できる奴に頼め――願ってもないことだ。「身代金の引き渡しは我々が行きましょう」と馬場が申し出ると、康江は何度も頷いた。

それにしても、なぜ犯人はそんな条件を付けたのだろうか。林は疑問に思った。

たしかに、か弱い康江に五千万もの大金を運ばせるのは心許《こころもと》ない。もし輸送途中でひったくりにでも遭ったら、路上強盗に襲われでもしたら、大金が簡単に強奪されてしまう。身代金の運搬に代理を立てる理由が理解できないわけではない。

しかしながら、事件に関わる人物を増やすことは、犯人にとってデメリットでもあるはずだ。単純に考えれば、そのデメリットを超えるだけのメリットがある、ということだが、見当もつかなかった。

「なんつーか、大変なことになってきたな」

林は小声で馬場に告げた。

「報告は、事件が解決してからにしようかね」

「ああ、そうだな」

清美の素行調査の報告どころではなくなってしまった。今回の誘拐事件で康江はすっかり憔悴《しょうすい》している。そこに、追いうちをかけるように娘のホスト遊びを暴露するわけにもいかないだろう。報告書を渡すのは、無事に清美を取り戻してからの方がよさそうだ。

今回は依頼人の娘の命が懸かっている。失敗は許されない。

成り行きで身代金の引き渡しの代理人という大役を任されることになってしまい、林は表情を引き締めた。

6回表

十月三十一日、午後七時過ぎ。

ついにこの日がやってきた。

車でトモヤとマキを拾い、橋爪は天神方面を目指して車を走らせた。裏カジノのあるクラブ【10thousand】――その最寄りのコンビニの駐車場に車を停める。店でおにぎりやサンドイッチを購入し、腹ごしらえをした。まるで戦の前に兵糧を齧《かじ》る武将のような気分だった。

コンビニの前では、ハロウィンの衣装に身を包んだ若者たちが屯《たむろ》している。今日は街のあちこちで仮装した人々を見かけた。外国の風習がこれほど日本に根付いていたのか、と橋爪は驚かされてしまった。とはいえ、ただ単にコスプレを楽しんでいるだけの若者が大多数のようだが。

駐車したワゴン車の中で、橋爪たちは最終確認を行った。

「まず、ここから歩いてクラブに行く。中に入ったら、しばらくは待機だ。停電が起こるのは八時ちょうど。八時五分前には、関係者用のドア付近に集まってくれ。そのときに、マスクの上からこれを付けておくのを忘れるなよ」

と、橋爪は二人に暗視スコープを手渡した。

「停電に乗じて、関係者用のドアを突破する。それから通路を突き進み、裏カジノの入り口にいる二人のガードマンを襲う」

これは橋爪とトモヤの役目だ。武器には警棒を使うことにした。持ち運びが簡単で、威力も高い。カジノの中にいる護衛も同様に、背後から殴りつけて気絶させる計画だ。

「護衛を制圧したら、拳銃で客を脅す」

ひとりに一丁ずつ拳銃を配り、着ている衣装の中に隠した。

「あとは、金をこの中に入れて、逃げるだけだ」

運搬用のジュラルミンケースも用意した。中に数千万の大金を入れることができる大きさだ。

ゾンビの顔をしたマスクを頭から被ったところで、橋爪はゆっくりと息を吐き出した。「準備はいいか？」

「はい」

「うっす」

二人が頷いたのを見て、橋爪は車のドアを開けた。ゾンビ姿の三人組が街の中を闊《かっ》歩《ぽ》する姿は、傍から見たら滑稽だろうなと思った。

＊＊

レイナの機嫌はよかった。誘拐計画が順調に進んでいるおかげだろう。鼻歌でも歌い出しそうな雰囲気で助手席に座っている。

早川は路肩に車を停め、窓越しに建物を見上げた。ここからはテナントビルの裏側が見える。このビルの一階と二階が、【10thousand】というナイトクラブになっていた。

「……母親がビビッて警察に通報してないといいっすね」

外を眺めながら、早川は呟いた。

先日、早川は春日清美の家に脅迫の電話をかけた。娘を誘拐したから五千万円を用意しろ、と。すべてレイナが仕組んだ計画だ。

警察に通報すれば娘の命はないと何度も念を押してはおいたが、いざ実際に通報されてしまえば自分もレイナもひとたまりもないだろう。

「心配ないって」と、レイナは自信満々だった。「絶対上手くいくから」

身代金の受け渡しはクラブの中で、と伝えてある。母親の代理の者が金を運搬することになっている。

現在、時刻は七時四十五分だ。約束の時間の十五分前。そろそろ頃合いだ。

早川は端末を取り出し、電話をかけた。

「――警察には通報していないだろうな」

もちろん、今回も機械を使って音声を変えている。

電話の相手は身代金の運搬役だ。

『ああ、もちろん』

若い男の声が返ってきた。

『今、クラブの中にいる。どうすればいい？』

「カボチャ頭の奴に渡せ」

それだけ告げると、早川は電話を切った。

助手席ではレイナが準備をしていた。黒い服に身を包み、頭にカボチャの被り物を装着している。

「じゃ、行ってくる」

と、レイナが車を降りた。

早川はこのまま車で待機することになっている。レイナがクラブに入り、身代金を受け取る。そして、またここに戻ってくる。レイナと大金を乗せて車で逃走を図ることが、早川の最後の仕事である。

いよいよだ。

大金はすぐ目の前。手が震えた。興奮のせいか、禁断症状のせいか。自分でもわからなかった。


ナイトクラブ【10thousand】のハロウィンイベントは大盛況だった。

一階のフロアは、様々な仮装をした人々で溢れ返っていた。大音量の音楽と若者たちの熱気に、橋爪は圧倒された。なんとなく、若かりし頃に通っていた行きつけのディスコを思い出してしまった。

懐かしさに浸りながら腕時計を確認する。ゾンビの仮装をして店の中に入った橋爪たちは、一度解散した。

作戦決行は八時ちょうど。

榎田がハッキングで停電を起こすことになっている。橋爪たちは闇に乗じて裏カジノに侵入する手筈《てはず》だ。

五分前――橋爪はバーカウンターから店の奥へと移動した。『関係者以外立ち入り禁止』と書かれた扉があり、その前に黒服の男が立っている。

周囲を見渡すと、様々な仮装をした集団に交じって、ゾンビのマスクを被った二人組を発見した。マキとトモヤだ。橋爪が腕時計に視線を移すと、他の二人もそれに倣った。

一分前――三人は小さく頷き合った。こっそりと暗視スコープを装着する。懐から警棒を取り出し、右手に隠し持つ。

次の瞬間、フロアが真っ暗になった。

八時ちょうど。時間通りだ。榎田はいい仕事をしてくれた。行くぞ、と橋爪は心の中で呟いた。

6回裏

重量約5キロ――五千万円が詰まったジュラルミンケースを抱えて、林と馬場はナイトクラブ【10thousand】を訪れた。

店の中は異様な雰囲気だった。吸血鬼やゾンビなどの怪物はもちろん、芸人などの著名人の仮装をしている者までいる。ハロウィンパーティというよりも、ただのコスプレイベントのようだった。

「……なんつーか」辺りを見渡し、林は肩をすくめた。「魑魅《ちみ》魍魎《もうりょう》の集会って感じだな」

「俺たちも、その魑魅魍魎の一員やけどね」

馬場が言った。顔を包帯でぐるぐる巻きにしているので表情は読めないが、あまり気乗りしていない声色だった。「これ、喋りにくかぁ」と文句を言っている。

ボロ布のようなの服と、頭や手足に巻いた包帯――ミイラ男の仮装をしている馬場を、林は「似合ってんじゃねえか」と褒めた。

「……この格好に似合う似合わんとかある？」

たしかに、顔が隠れているので誰が着ても同じかもしれないが。

対する林の仮装のテーマは、女キョンシーだ。ミニ丈の黒い中国服を身にまとっている。同じ色の黒い帽子からは黄色い札が垂れ下がっていて、若干視界が悪いのが難点だが、見た目は気に入っていた。衣装に合わせて、髪の毛も団子のように二つにまとめている。

仮装した二人組。ミイラ男とキョンシー女。とてもじゃないが、身代金を運んでいるとは思えないふざけた格好である。とはいえ、仮装しなければ店の中に入れないのだから致し方ない。

馬場が時計を確認し、呟いた。「もうすぐやね」

誘拐犯からは、五千万円を持って八時にこの店に来るように指示されていた。現在の時刻は十五分前。

「……ねえ」と、馬場が不意に尋ねた。「なんか、おかしいと思わん？　この誘拐事件」

「なんかって、なにが」

「犯人は、なんで春日家が五千万円をすぐに用意できるって、知っとったっちゃろか？」

「いや、あの家見たらわかるだろ、普通」

春日家は見るからに金持ちの豪邸だ。娘の命のためなら、五千万円くらい痛くもかゆくもないはずだ。

「でも、わからんやん。外側が良くても、もしかしたら家計は火の車かもしれんやん」

「まあ、それはそうだけど」

と返した後で、林は馬場の意図に気付いた。

「……お前、もしかして、誘拐の犯人は春日家の経済状況を知ってる奴だって考えてんの？」

「うん」馬場は頷いた。「たとえば、過去に雇っとったお手伝いさんとか、銀行の担当者とか」

そういえば、スピンオフ配信ドラマ『殺し屋ＯＬの日常』の中にもそんなシーンが出てきたな、と林は思い出した。あれはたしか第七話だったか。とある富豪が家政婦を雇っていたのだが、実は彼女の正体はプロの泥棒で、富豪は家の金庫に隠してあった大金を盗まれてしまった。家政婦を捕まえた富豪に急遽、尋問と拷問を依頼された主人公の希衣子だったが、その日はどうしても外せない会議があった。困った希衣子は会社のトイレに泥棒家政婦を監禁すると、ボールペンやクリップなどの事務用品を駆使し、会議の合間に拷問を続けた。２穴パンチでなんとか泥棒の舌に穴を開けようと奮闘する希衣子の姿は、抱腹絶倒ものだった。

「ドラマでありそうな話だな」

だが、あながち馬鹿にできない意見だ。馬場の読みが正しければ、犯人が春日康江に金を運ばせなかった理由にも説明がつく。犯人と康江は顔見知りで、直接会えば正体がバレてしまいかねない。犯人はそれを恐れ、代理人を立てるよう指示したのかもしれない。

「そういえば」と馬場が思い出す。「リンちゃん、ちゃんと持ってきた？　ジローのプレゼント」

今日はジローの店でハロウィンパーティが開かれる予定だ。事件が解決したら顔を出すつもりでいるのだが、どうなるかは読めなかった。念のため、プレゼントは持ち歩いている。

「おう」

誕生日プレゼントは衣装の左ポケットの中だ。右のポケットには、スマートフォンと得物のナイフピストルが入っている。

そのときだった。ちょうど、林のポケットの中で端末が振動した。人込みから離れ、比較的静かな場所――トイレの前に移動してから、林は通話に切り替えた。

『――警察には通報していないだろうな』

電話の相手は誘拐犯だった。ボイスチェンジャーで声を変えている。

「ああ、もちろん」

無意識に、ケースを持つ手に力が入った。

「今、クラブの中にいる。どうすればいい？」

『カボチャ頭の奴に渡せ』

そう言い残し、電話は切れた。

――カボチャ頭？　なんだそりゃ？

「犯人、なんて？」と、馬場がこちらを覗き込んできた。

「カボチャ頭の奴に渡せ、ってさ」

「その言い方やと、犯人は複数かもしれんね」

連絡役と金の受け取り役は別の人物だと、馬場は睨んでいるようだ。複数犯となると厄介だな、と林は思った。

「とりあえず、そのカボチャ野郎を探すか」

さっさと事件を解決してジローの店に行かなければ。林たちは再びフロアへと戻った。


「――そもそもハロウィンってのは、コスプレして馬鹿騒ぎする行事じゃないんだが」

ナイトクラブ【10thousand】の前で、リカルドは文句を垂れた。

今宵《こよい》、この店ではハロウィンイベントが催されている最中らしく、仮装した客だけが中に入れるシステムになっているようだ。ごく普通の私服姿だったマルティネスとリカルドは門前払いを食らってしまった。

「まあまあ」と、マルティネスは宥《なだ》めた。「店の決まりならしょうがねえ」

店員にＤＥＡの身分証を突きつければ中へ入れてもらえるかもしれないが、そんな風に大騒ぎすれば麻薬の売人も逃げてしまうだろう。ここはおとなしく引き下がるしかない。

「とりあえず、どこかで衣装を調達しないと」

「どこかって、どこだよ」

「ほら、あそこ」

リカルドが指を差した。近くにコインパーキングがある。数人の若者が酔い潰れ、ぐったりと地面に寝転がっていた。全員が仮装している。「借りるぞ」と、リカルドは泥酔状態の若者から被り物を分捕った。骸骨の仮面だった。

「……追い剝ぎしてる気分だな」

マルティネスも真似《まね》をして、他の若者からマスクを剝ぎ取った。左右に大きなボルトが付いている。

「これ、何の仮装だ？」マルティネスはマスクを被りながら首を捻った。「フランケンシュタインか？」

「フランケンシュタインは博士の名前だぞ。正確には、フランケンシュタイン博士の怪物の仮装だ」

「……細けえ奴だな、まったく」

骸骨とフランケンシュタインの怪物に化けた二人は、再び【10thousand】へと向かった。文字通り取って付けたような仮装ではあるが、今度は無事に店の中に入れてもらえた。

川口が吐いた情報によると、麻薬の売人——通称・ジェイは、いつもバーカウンターの端の席に座っているという。

「あいつじゃないか？」

と、マルティネスはカウンターを指差した。カボチャの被り物を被った人物が、奥の席にじっと座っている。


——カボチャ頭の奴に渡せ。

誘拐犯はそう指定した。

林と馬場は一階のフロアを見渡し、該当する人物を探した。

約束の時間は八時。五分前になったところで、フロアの中央付近にカボチャ頭が現れた。

「いた、あいつだ」

見つけ、林は指差した。

「行ってくる」

「うん。気をつけりいね」

林がケースを手に、カボチャ頭に近付いていく。

馬場は少し離れた場所から監視した。待ち合わせに現れた人物は、想像よりも小柄だった。

林が声をかけると、相手は無言のまま右手を差し出してきた。ケースを寄こせ、という動作を見せている。

金を渡してから、馬場たちは誘拐犯を尾行する計画だ。

だが万が一、見失ってしまったときに備え、犯人にGPSを仕掛けておくことになっている。身代金のケースの中に発信機を仕込めば、犯人に気付かれる可能性がある。中身を入れ替えられてしまえば追跡できない。だから、誘拐犯自身にGPSを付けておくのが得策だと考えた。犯人の服に発信機を仕掛けるのは、馬場の役目だった。

馬場はさりげなく近付き、犯人の背後に回った。酔っ払ってふらついた振りをして誘拐犯にぶつかり、頭のカボチャのヘタの部分に発信機を取り付けた。「あ、すいませーん」とへらへらしながら、その場を離れる。

五千万円が入ったケースが林から犯人の手に渡った。

そのときだった。思わぬ事態が起こった。

突然、視界が真っ暗になったのだ。

——停電だ。

爆音で鳴り響いていた音楽がぴたりと止まり、一瞬、フロアが静まり返った。その直後、客たちから小さな悲鳴があがった。


「——あんたがジェイか」

と、マルティネスはカボチャ頭の男に声をかけた。

身長は170前後。中肉中背。どんな顔をしているのかは被り物のせいでわからなかったが、背格好からして二、三十代くらいだろう。

ジェイはカウンターの端の席に座っていた。酒を注文しているようだが、グラスの中身はまったく減っていなかった。カボチャの頭が邪魔でドリンクが飲めないのかもしれない。

「川口の代理だ」

マルティネスが名乗ると、相手から言葉が返ってきた。「金を渡せ」とくぐもった声が聞こえてきた。

「その前に商品を見せてくれ」

マルティネスの言葉に、カボチャ男がジュラルミンケースを取り出した。開けると、中には袋詰めにされたブラウンシュガーがぎっしりと詰め込まれていた。

「本物のようだな」

「ああ」

「悪いが、金は渡せない」

カボチャ頭が苛立った声をあげた。「……あ？　どういうことだ？」

「お前はブタ箱行き、ってことだ」

リカルドの声が聞こえた。

ジェイの背後から現れ、その腕を摑む。

「お前の身柄はＤＥＡが預かる」

その一言に、ジェイは舌打ちをこぼした。「……麻薬捜査官か」

「一緒に来てもらおう」

するると、

「アメリカの捜査官が、俺みたいな小物の売人に何の用だ？」

と、カボチャ頭が首を傾げた。

「そう謙遜するな。お前が裏でデカい組織と繋がってることは、調べが付いてる。詳しく話を聞かせてもらうぞ」

リカルドが男の腕に手錠を掛けようとした、そのときだった。

突如、辺りが闇に包まれた。それと当時に、あれだけ大音量の曲が流れていたフロアが、一瞬で音のない世界と化した。

どうやら停電のようだ。

一拍置いてから、驚いた客たちが小さく悲鳴をあげた。

7 回表

停電を合図に、裏カジノの強盗計画が幕を開けた。

クラブの客たちはパニックに陥っている。その騒ぎに乗じて、橋爪ら三人は関係者専用の通路に滑り込んだ。

暗視スコープを装着し、緑がかった視界を頼りに通路の先へと進んでいく。裏カジノのドアの前には男が二人。突然の停電に戸惑い、きょろきょろしている。橋爪とトモヤは彼らの背後に忍び寄り、その後頭部を思い切り殴りつけた。

二度目の攻撃で、男たちはその場に倒れた。

まだ停電は続いている。電気系統の復旧まであと二分ほど。急がなければ。三人は裏カジノのドアに手を伸ばした。

部屋の中には十人近くの男女がいた。中央には、大きなポーカー台がひとつ。それを囲むように客が座っている。

ガードマンらしき黒服の男が二人、入り口付近にいた。その二人も、背後から警棒で殴りつけた。暗闇の中で、男たちは呻《うめ》き声《ごえ》をあげた。カジノの客が異変に気付き、ざわつきはじめている。大きな体がどさりと倒れる音がしたところで、辺りがぱっと明るくなった。

「動くな！」

橋爪は拳銃を取り出し、叫んだ。

突然の強盗団の登場に、客たちは各々悲鳴を発した。全員が両手を上げて硬直している。市議やローカルタレント、スポーツ選手など、中には見覚えのある顔もいた。

橋爪とマキは銃口を客に向け、動きを見張った。現金を回収する役目はトモヤに任せている。客の金を次から次へとジュラルミンケースに詰め込んでいく。

腕時計を確認する。電気が復旧してから五分が経った。あまり長居しては追っ手に捕まってしまう。そろそろ引き際だろう。

「もう逃げよう」と、橋爪は声を張りあげた。

トモヤが頷き、ケースの蓋を閉めた。

橋爪たちはカジノを飛び出した。

あとは逃げるだけ。全速力で走りはじめた、そのときだった。一発の銃声が鳴り響いた。

振り返ると、男が倒れたままの姿勢でこちらに銃口を向けていた。カジノの入り口にいた守衛の一人が、いつの間にか意識を取り戻したようだ。

銃声の直後、トモヤが転がるように倒れた。右腕を押さえ、苦しげに顔をしかめている。

――撃たれたのか。

橋爪は足を止め、叫んだ。「おい、大丈夫か！」

撃たれた拍子にケースが床に落下し、蓋が開いてしまった。中身が零《こぼ》れ落《お》ち、札束が通路に散らばる。腕から血を垂らしながらも、トモヤは慌てて万札をかき集めようとした。

ガードマンがゆっくりと立ち上がり、銃を構え直した。今にも引き金を引こうとしている。

まずい、と思った。

橋爪は頭が真っ白になった。

次の瞬間、今度は目の前が真っ黒になった。

停電だ。

発砲する直前に、通路が再び暗闇に包まれた。


母親が雇った身代金の運搬係はキョンシーの仮装をした若者だった。

そのキョンシーから五千万円が入ったジュラルミンケースを受け取ったところで、まさかの事態が起こった。

停電だ。

突然視界が真っ暗になり、クラブの客は軽くパニックに陥っている。ざわつきが収まらない。

今のうちだ、とレイナは思った。

もうここには用はない。この闇に乗じて逃げてしまうのが得策だろう。カボチャ頭を被ったレイナは暗闇の中、店の出入り口を目指した。

進んでいるうちに、何度も人にぶつかった。「いてっ」やら「おい」やらと苛立った声があがる。気に留めることなく、レイナは人混みを縫うようにして、強引に先を急いだ。

そうこうしているうちに、ぱっと辺りが明るくなった。ようやく電気が戻ったようだ。キョンシーの仮装をした代理人が、こちらに向かって「おいコラ、待て！」と叫んでいる。レイナはスピードを上げた。

出口が近付いてきたところで、体に衝撃が走った。横から、誰かが思い切りレイナにぶつかってきた。見れば、相手は自分と似たようなカボチャ頭を被っている男だった。「いたっ」と叫ぶと同時に、レイナの手からケースの取っ手が滑り落ちた。

その瞬間、再び店内が真っ暗になった。

二度目の停電だ。今度はすぐに電気がついた。

――ケースはどこいった？

人混みの中、レイナは床に両膝をつき、ジュラルミンケースを探した。

――あった、あそこだ。

通行人に蹴られているうちに、ケースは出入り口の前まで移動していた。

――よかった、五千万円は無事だ。

慌ててケースを拾い上げ、レイナは店を飛び出した。

ビルの裏側では、早川が車で待機している。だが、早川のもとに戻るつもりはなかった。あのヤク中の男と山分けなんてもってのほかだ。早川に誘拐を手伝わせ、身代金の五千万円は全額自分の懐に入れてしまう――最初から、そういう計画だった。
馬鹿な男だ、とレイナは唇を歪めた。

7回裏

予期せぬ停電に気を取られ、一瞬、売人を摑むリカルドの手が緩んでしまった。

その隙を、ジェイは見逃さなかった。リカルドの腕を振り払い、フロアの人混みへと飛び込んだ。

「おい、逃げたぞ！」

マルティネスが叫んだ。

わかってる、と声を張りあげ、リカルドは標的の後を追った。薄暗がりの中、周囲を見渡してジェイを探す。

しばらくして、再び辺りが明るくなった。外に出ようとする客たちで、店の入り口はごった返している。

その中に、カボチャの頭が見えた。

——見つけた。

ジェイは店の外に出ようとしている。リカルドは急いだ。だが、人が多く、なかなか前に進めない。舌打ちしながら周囲の客を押《お》し退《の》けた。

そのとき、二度目の停電が起こった。混乱していた客たちはさらに騒めき、外に出ようとする勢いが増した。背後から誰かに押され、思わずよろけそうになる。

店の照明が点灯したのは、その十数秒後のことだった。

リカルドは周囲を見渡した。マルティネスは人混みに飲み込まれてしまったようで、姿が見えなくなっていた。

カボチャ頭はケースを両手に抱え、ちょうど店を出ようとしているところだ。周りの客を押すようにして強引に前に進み、リカルドもなんとか外に出ることができた。

「待て！」

中洲の裏路地を走るジェイを、リカルドは全速力で追った。

カボチャとドクロの追いかけっこは十数分ほど続いた。先に音を上げたのは、カボチャの方だった。次第に走るスピードが落ち、リカルドとの距離が縮まってきた。そろそろ体力も限界のようだ。

カボチャ頭は近くにあった建物の中に逃げ込んだ。そこは、倉庫だった。壁にシャッターが三つ並んでいて、真ん中だけが開いている。今はもう使われていないようで、中には目立った物はなく、がらんとしていた。

対象まであと50センチほど、といったところまで追い詰めた瞬間、相手がいきなりこちらを振り返った。

カボチャ頭がジュラルミンケースを振り回し、リカルドに襲い掛かってくる。リカルドも拳を構えて応戦した。相手は体を翻し、5キロのヘロインが入ったケースでリカルドの頭を殴りつけようとした。その攻撃を避け、リカルドはケースを両手で摑んだ。

そこからは、ジュラルミンケースの引っ張り合いになった。

相手は意地でも手放そうとはしなかった。リカルドは力任せにケースを分捕り、丸腰になった相手――の頭にケースの角を何度か叩きつけた。いくら被り物をしているとはいえ、さすがにダメージはあったようだ。ふらついている相手の背後から飛び掛かり、前腕で首を絞めた。

しばらくすると、相手は酸欠で気を失い、その場に倒れた。

「……手間かけさせやがって」

リカルドは息を吐いた。

相手から奪ったケースを開け、確認する。中身は茶色の粉――ブラウンシュガーだ。

無事に回収できてよかった、とリカルドは安堵した。

DEAの狙いは、この薬を製造しているテロ組織の情報だ。詳しい話は場所を移して吐かせればいい。とりあえず、マルティネスと合流してこいつを運ばせるか、と思い立つ。

はぐれてしまった友人に連絡を取ろうとした、その瞬間——ふと、背後に気配を感じた。リカルドが振り返ると、そこには男が立っていた。

それも、普通の男ではない。

ミイラ男だ。

倉庫の入り口——開いたシャッターからこちらを覗き込むように、包帯だらけの男が佇んでいる。まるでホラー映画のワンシーンのような光景に、リカルドはぎょっとした。


数分後、電力が復旧したらしく、再び辺りに光が戻った。

「おいコラ、待て!」

林の叫び声がクラブのフロアに響き渡った。

誘拐犯は逃げ出していた。身代金五千万円の入ったケースを両手に抱え、出口へと急ぐカボチャ頭が見える。

茶色の後頭部を追いかけ、林が走り出した。

「リンちゃん！」

待って、と馬場が呼び止めたが、すでに林は人混みの中だ。電気とともに爆音のクラブミュージックも復旧している。この喧騒《けんそう》では馬場の声は届いていないだろう。

「もう、せっかちなキョンシーさんやねえ」

と、馬場はため息をついた。

先刻、馬場は誘拐犯にさりげなく近付き、その被り物に発信機を仕込んでいた。GPSの情報を調べれば犯人の居場所を簡単に割り出せるというのに、林はそのことをすっかり忘れているのか、カボチャ頭を追いかけていってしまった。

「逃げる獲物は追いかけたくなる性なっちゃろか？」

馬場は呟き、苦笑した。

さっそくGPSの記録を辿《たど》ろうと、馬場は端末を取り出した。この周辺の地図と、居場所を示す丸い印が表示されている。その印はナイトクラブを出ると、中洲の街をしばらくうろついていた。

停電騒ぎのせいで出入り口は混雑している。人の流れが落ち着いたところで、馬場も【10thousand】を出た。

ＧＰＳで誘拐犯の現在地を確認しながら、馬場は首を捻った。

「……なにがしたいとかいな、この人」

誘拐犯は中洲の街を走り回っているようだった。あちこちを行ったり来たりしている。まるで目的もなく彷徨っているような、迷子にでもなったのかと心配するような軌道を描いていた。

丸印がぴたりと止まったのは、その数分後のことだった。犯人はこの近くにいるようだ。２ブロック先の角を曲がり、人気のない路地に入り、廃倉庫に到着したところで、馬場は思わず足を止めた。

倉庫の中央に、カボチャ頭がいた。

それだけではない。そのすぐ傍に、骸骨のマスクを被った男が立っている。

カボチャとドクロの二人は、互いにジュラルミンケースを摑み、引っ張り合っていた。

――仲間割れかいな？

もしかしたら、あの骸骨は連絡係の男なのかもしれないな、と馬場は思った。二人は仲間で、身代金をネコババしようと相手を裏切り、現在ジュラルミンケースを取り合っている、という感じに見えないこともない。

五千万円を賭けた綱引きは骸骨に軍配が上がった。ドクロ男は相手からケースを奪い取ると、その角でカボチャの頭を数回殴りつけた挙句、首を絞めて気絶させてしまった。

やはり複数犯だったようだ。ここで二人とも捕まえてしまうか、骸骨男を尾行しつつ策を練るか、悩ましいところである。

入り口から中を覗き込み、ようすを窺っていたところ、気配を感じたのか骸骨男がはっとこちらを振り返った。

気付かれてしまった。マスク越しに目が合うのがわかった。まるでホラー映画のような瞬間だった。ドクロマスクの男が大股で馬場に近付いてくる。

そして、

「お前もこいつの仲間か」と、骸骨男は言った。「まとめて逮捕してやる」

「……はあ？」

逮捕——予想もしない言葉がドクロの口から飛び出し、馬場は素っ頓狂な声をあげてしまった。

「逮捕されるのはあんたの方やろ、この誘拐犯」

馬場も相手に歩み寄り、マスク越しに悪態をついた。

「はあ？」今度は相手が声をあげる。「誘拐犯だと？」

馬場は気絶しているカボチャ頭を指差した。「そいつとグルなっちゃろ？」

「何言ってんだ」

「そっちこそ」

「おとなしく捕まれば、痛い目見なくて済むぞ」

「それはこっちの台詞やし」

どうにも会話が嚙み合っていない。なにを言っているのかさっぱりだったが、ただ、相手に引く気がないことだけは伝わってきた。こうなったら力ずくで制圧し、人質の居場所を吐かせるしかない。

馬場は拳を構えた。その直後、相手から攻撃が飛んできた。強烈な蹴りを前腕で受け止め、距離を詰めて右の拳をマスクに叩き込む。相手はすんでのところで躱した。

一拍置いて、右の頬に衝撃が走った。気付けば相手の左フックを食らっていた。死角から攻撃されたようだ。ミイラの仮装のせいで視界が酷く狭い。

よろけながらもなんとか踏みとどまり、馬場は反撃に出た。姿勢をやや屈《かが》め、拳を相手の顎に向かって突き上げる。馬場の鋭いアッパーは、完全に相手の死角に入っていた。今度は骸骨男がふらついた。

相手も仮装している。視界の狭さはこちらに負けず劣らずだ。相手の攻撃を馬場が食らう、馬場の攻撃を相手が食らう――その繰り返しがしばらく続いた。普段なら軽く避けられるような攻撃も、仮装のせいで死角に入ってしまい、悉《ことごと》く受ける破目になっている。

右頬にパンチを受け、数歩後ろに下がったところで、

「――ちょ」

と、馬場は掌を相手に向けた。

「ちょっと待ってくれん？　これ外すけん」

頭の被り物を指差し、「戦いにくか」と漏らすと、

「同感だ」

と、ドクロも頷いた。

馬場はマスクを外し、「ふう」と息を吐いた。視界の狭さや蒸し暑さ、息苦しさからやっと解放された。これで心置きなく戦えそうだ。

相手もドクロの仮面を剝ぎ取った。袖で顔の汗を拭っている。浅黒い肌に、日本人離れした彫りの深さ。

見覚えのある男だった。

相手の顔を見て、

「あっ！」

と、馬場は指差し、思わず叫んでしまった。

「あんた、あのときの！」

骸骨男の正体は、まさかの知り合いだった。

馬場の顔を見た相手も「あっ」と声をあげ、目を丸めている。仲間であるマルティネスの友人——リカルドだ。

8 回表

——遅い。

早川は苛立っていた。先程から何度も腕時計を確認してしまう。計画では、今頃はこの場を離れている頃合いなのに。

レイナが車を降りてから、運転席で待つこと十数分。まだ彼女は現れない。身代金の受け渡しはとっくに終わっているはずだ。いくらなんでも遅い。いったいなにをしているのだろうか、と早川は貧乏ゆすりをしながら、窓の外に視線を向ける。

——まさか、上手くいかなかったのか？

はっとした。母親が通報し、身代金の受け渡しに警察が張り込んでいたのではないだろうか。そんな不安が過り、早川は辺りを確認したが、警察が来ているような雰囲気はなかった。レイナが逮捕されたわけではなさそうだ。

痺《しび》れを切らして何度か電話をかけてみたが、『電源が入っていない』というアナウンスが返ってくるだけで、レイナが応答することはなかった。

もしかしたら、と最悪の予想が早川の頭を過る。

――レイナは、身代金の全額をネコババするつもりなのでは？

早川を脅していいように使うことが目的で、最初から分け前を渡す気などなかったのではないだろうか。

絶対にそうだ、と早川は確信を抱いた。そうに違いない。あの性悪女のことだ。五千万を独り占めしようと、金を受け取って逃げてしまったのだろう。

――あいつの思い通りにさせてたまるか。

早川は強い憤りを覚えながら車を動かした。

今度は店の前に停車させる。ナイトクラブ【10thousand】の入り口は客でごった返していた。この中からレイナを探し出さなければならないと思うと気が遠くなりそうだ。とはいえ、五千万もの大金を易々《やすやす》と持ち逃げさせるわけにはいかない。

早川は血眼になってレイナの姿を探した。

まるで仮装行列だ。店の中から、続々とコスプレした若者が飛び出してくる。

数分後、その行列の中に、カボチャ頭を見つけた。

早川は目を見開いた。

カボチャの被り物を被り、両手に大きなジュラルミンケースを抱えているその人物は、まさにレイナと同じ格好をしていた。ところが、店を出ても、早川のもとに戻るようすはなかった。車を待機させている場所とは反対方向へと走っていく。

その光景に、かっと頭に血がのぼった。

「……あのクソ女！　裏切りやがって！」

吠《ほ》え、早川は車を走らせた。

逃げる人影に追いついたところで、アクセルを強く踏み込む。小さな衝撃が車体に走った。

背後から車に追突され、カボチャ頭が倒れた。その拍子にジュラルミンケースが手を離れた。

――これは俺のものだ。

早川はすぐさま車を降り、ケースを拾った。急いで運転席に乗り込み、その場を離れようと再びアクセルを踏む。

カボチャ頭が立ち上がり、追いかけてくる姿がミラー越しに見えた。だが、車のスピードに敵《かな》うはずもなく、どんどん引き離されていく。

小さくなっていくカボチャの姿を見つめているうちに、

「……や」自然と笑いが込み上げてきた。「やった！　やったぞ！」

助手席に置いたジュラルミンケースを一瞥し、早川ははしゃいだ。これで五千万円はすべて自分のものだ。

「ざまみろ、クソ女！」

笑いが止まらなかった。

馬鹿な奴だ、自業自得だ——狂ったように笑い声をあげながら、早川はレイナを罵った。最高に気分がよかった。

しばらく車を走らせ、近くのコインパーキングに停めた。ケースを開けると、五千万円分の札束がぎっしりと詰まっていた。

——やっと金が手に入った。

それも全額、独り占めだ。心が震えた。と同時に、両手も震えた。禁断症状が出ている。正直、もう限界だった。そろそろ薬をキメなければ、頭がおかしくなりそうだ。

早川はジェイの番号に電話をかけた。

『なんだ』と、相手はすぐに出た。

「今すぐ薬を売ってくれ」

挨拶もなく本題に入ると、

『悪いが』と、不機嫌そうな声色が返ってきた。『今、それどころじゃない』

切るぞ、とジェイが言った。

「ご――」なんとか引き留めようと、早川は声を張った。「五千万、ある」

電話は切れなかった。ジェイの気を引くことができたようだ。

『……なんだって？』

「今、五千万円持ってる。先払いしてやるから、今あんたが持ってる薬、あるだけ全部俺に売ってくれ。残りは今度でいい」

五千万という額の大きさに、さすがのジェイも無視できなかったようだ。しばらくの沈黙の後で、『……いいだろう』という返事が聞こえた。

『これから、やらなきゃいけない用事がある。それを済ませたら、金を受け取りに行く』

ジェイが告げた。どうやら、ジェイ自ら金を取りに来るようだ。彼とは今まで顔を合わせたことがない。ジェイは大口の客にしか顔を晒《さら》さないからだ。

まるで、自分が認められたかのように思えて、気分が浮ついた。

『【10thousand】から3ブロック先にコンビニがある。今から一時間後、そこの駐車場に金を持って来い』

「わかった」

早川は頷き、電話を切った。


絶体絶命のピンチとは、まさにこのことだ。

橋爪は顔面蒼白《がんめんそうはく》になった。

腕から血を流して倒れているトモヤ。彼に拳銃を向けるガードマン。辺りには札束が散らばっている。

強盗計画は失敗だ。

心に諦めと絶望が芽生えた、そのときだった。黒服が引き金を引こうとした、まさにその直前、辺りが再び暗闇に包まれた。

――二度目の停電。

どういうことだ、と橋爪は目を見張った。

停電は一度のはずだ。八時ちょうどに、と榎田に頼んでいた。

どうしてまた電気が落ちたのか。偶然か？　だとしたら、これは天の助けとしか言いようがない。宗教を信じているわけではないが、この時ばかりは神様に礼を言いたい気分だった。

最高のタイミングで停電が起こった。突然視界を奪われ、ガードマンは発砲を躊躇っている。

「今のうちだ、行くぞ！」

怪我をしていない方のトモヤの腕を引っ張り、急かした。

だが、トモヤは動かなかった。床に這《は》いつくばり、必死に札束をかき集めようとしている。「で、でも、金が——」

「いいから！　早く逃げるよ！」

マキが叫んだ。

通路を抜け、フロアに出たところで、再び電気がついた。橋爪たちは暗視スコープを外し、人混みに紛れ込んだ。

追いかけてくる黒服の数が増えていく。橋爪たちの姿を探している。橋爪たちは普通の客のふりをして、何食わぬ顔で出口を目指した。

店を出たところで、

「——そいつらを捕まえろ！」

黒服が叫び、店の入り口に立っているボディガードに命じた。屈強な体つきの外国人が、橋爪たちの方へと向かってくる。

三人は慌ててスピードを上げた。

「このままじゃ追いつかれるっす！」

弱音を吐いたトモヤに、マキが「黙って走って！」と叫んだ。

全速力で裏路地を駆け抜ける。追っ手は三人。足の速さは相手が上だ。このまま逃げたところで、いつかは追いつかれてしまう。

「畜生」と、マキが悪態をついた。

次の瞬間、彼女は足を止めた。

いったい何をする気だ、と橋爪は目を剝いた。

マキは電柱に身を隠し、拳銃を抜いた。追っ手の黒服に向かって発砲する。一発、二発、三発――銃声が路地に響き渡った。

銃弾は命中しなかったが、威嚇射撃としては十分だった。黒服たちの足が止まった。

突然の発砲に驚き、彼らはとっさに物陰に隠れた。遮蔽物から顔を覗かせ、こちらに向かって相手も銃を構えた。

こちらが撃った分の、倍の数の銃弾が襲ってきた。引っ切り無しに銃声が鳴り響く。

中洲の路地が、一瞬で戦場と化した。

命を奪うことに躊躇《ちゅうちょ》のないその攻撃に、橋爪は恐怖を覚えた。ひっ、と隣でトモヤが悲鳴をあげ、頭を抱えて蹲っている。

橋爪もマキに加勢した。自動販売機の裏側に身を隠し、銃を構えた。相手の銃声が止《や》んだところで、発砲する。

しばらくの間、銃弾の応酬が続いた。

「――これ以上は持たない！　逃げよう！」

橋爪は叫んだ。こちらはもう弾切れだ。相手が銃弾を装塡している一瞬の隙を突いて、三人は走り出した。

とにかく走った。走り続けた。

必死だった。三人とも。逃げることに。

死に物狂いで走った。

生き延びることに、必死だった。

8回裏

「……ちょっと待って、どういうこと？」

手足に包帯を巻いた男がきょとんとした顔で問いかけた。

それは俺が訊きたい、とリカルドは思った。

カボチャの被り物をしたジェイを追いかけているうちに、リカルドはこの倉庫にたどり着いた。ジェイを制圧したところで、今度はミイラ男に襲われた。

ところがなんと、そのミイラ男の正体は顔見知りだった。たしか名前は馬場といったか。マルティネスの仲間である。前に一度、一緒に仕事をしたことがあった。

まさか、こんなところで、こんな風に再会することになるとは。それにしてもドクロとミイラとは、お互い滑稽な姿である。

「俺はこいつに用があるんだ」

と、リカルドは気絶して倒れているカボチャ頭を指差した。

　すると、

「俺もこいつに用があるとよ」

と、馬場が言った。

まさかの発言に、リカルドは目を丸める。「……は？」

「こいつが、俺の依頼人の娘を誘拐したと。そのケースの中には、身代金の五千万が入っとって――」

「ちょっと待て」

　リカルドは眉をひそめ、馬場の言葉を遮った。

「誘拐って何の話だ。こいつは麻薬の売人だぞ」

「……え？」

　今度は馬場が目を丸くした。

「ほら、見てみろ」と、リカルドはケースを開け、馬場に見せた。

　ケースの中身はブラウンシュガーだ。茶色の粉末が詰まっている。

「五千万じゃないだろ？」

「おかしかねえ」馬場は腕を組み、唸った。「誘拐犯に発信機仕掛けて、ここまで追跡してきたつもりやったけど……」

馬場は倒れているカボチャ頭に手を伸ばした。両手で被り物を摑み、思い切り引き抜く。

カボチャ頭の顔が露《あらわ》になり、

「……どういうことだ、これは」

今度はリカルドが驚く。

カボチャ頭の正体は、若い女だった。

「誰だ、この女」

ジェイは男だ。リカルドは先刻、ジェイと言葉を交わした。声を聞いている。男性であることに間違いはなかった。

だが、目の前で倒れているのは、金髪の女だ。

――いつの間に入れ替わったんだ？

リカルドは記憶を振り返った。ナイトクラブの中は混雑していた。おまけに、二度も停電が起こった。ジェイを追尾していたつもりが、途中で見失い、同じような仮装をしていたこの女と間違えてしまったのだろうか。

だとしたら、なんという失態だろうか。

「――あっ！」

唐突に、馬場が大きな声をあげた。女の顔をじっと見つめ、ひどく驚いたような表情を浮かべている。

「どうした？」

「この子、春日清美やんか！」

と、馬場は興奮気味に言った。

誰だそりゃ、とリカルドは首を傾げた。


春日清美を誘拐した犯人を追いかけ、林はナイトクラブ【10thousand】を飛び出した。

途中まではよかった。目視で確認できていた。ところが、二度目の停電が起こった直後、林は対象を見失ってしまった。仮装した人混みに揉《も》まれているうちに、カボチャ頭は姿を消していた。

店を出てから、林は周辺を走り回った。まだそう遠くへは行っていないはずだ。コスプレ姿の若者が屯する街を駆け巡り、血眼になってカボチャ頭を探した。

辺りをきょろきょろと見渡していたところ、

「――おっ」と、誰かが声をかけてきた。「林じゃねえか」

振り返ると、男が立っていた。マスク――顔色が悪く、四角い形をした頭にボルトのようなものが刺さっている――を被っている。

「……誰だよ、お前」

林は相手を睨みつけ、低い声で尋ねた。

顔を隠していることをすっかり忘れていたらしい。「ああ、悪い悪い」と男は苦笑し、マスクを剝ぎ取った。

マルティネスだった。

「なんだ、お前か」林は苦笑いを浮かべた。「どこで買ったんだよ、そのマスク。怖すぎるだろ」

「これか？　その辺で酔い潰れてたガキが付けてた」

「……パクってきたのか」

「こんなの頭に被ってたら、ゲロ吐いたときに窒息して死んじまうだろうが。親切心だよ、親切心」

物は言いようだな、と思う。

「そんなことより」マルティネスが腕時計を一瞥し、尋ねる。「ジローの店に行かなくていいのか？　もうパーティ始まる時間だぞ」

「ちょっと、人探してんだ」

今はパーティどころではない。身代金の入ったケースを取られた上に、犯人も見逃したとあっては、依頼人の康江に顔向けできないだろう。何としてでもあのカボチャ頭を見つけなければ。

「用事が済んだら行くよ」

「そうか」

「お前こそ」と、林は質問を返した。パーティに行かなければならないのは、マルティネスも同じだ。「こんなところで油売ってる場合じゃないだろ」

「俺も人を探してんだよ」マルティネスが辺りを見渡しながら言う。「なあ、この辺でカボチャ頭の男見なかったか？」

「……カボチャ頭？」

驚いた。まさか、仲間の口からその単語が出てくるとは思わなかった。

「俺もカボチャ頭を探してんだけど」

奇遇だ。どういうことだ、と二人は顔を見合わせた。

ここは情報をすり合わせておいた方がよさそうだ。林は詳しく事情を説明することにした。

「事務所に依頼が来たんだ、娘の素行調査をしてくれ、って。……で、その女を調べてたら、そいつが誘拐されちまってさ」

「誘拐？」マルティネスが目を丸めた。「そりゃまた大事だな」

「俺と馬場が、代理で身代金の引き渡しをすることになったんだ。場所はそこのクラブ」と、林は【10thousand】のビルを指差す。「カボチャ頭に身代金五千万を渡して、尾行する計画だったんだけど……」

停電というアクシデントもあり、対象を見失ってしまった。

「――で、お前は？」

今度はマルティネスが口を開く。「俺とリコで、麻薬の売人を追ってた。あのクラブで取引があるから、俺たちで囮《おとり》捜査をすることになったんだ。売人はカボチャの頭を被った男で、捕まえたところまではよかったんだが」

停電に乗じて逃げられてしまった、ということらしい。奇《く》しくも、どちらも似たような境遇だった。

「停電のせいで、計画が滅茶苦茶《めちゃくちゃ》だ」

恨みがましい口調で言うと、「まったくだぜ」とマルティネスも同意した。

「とりあえず、俺とお前が探してるカボチャ頭は、別人だってことだよな」

「そうらしい」マルティネスが頷く。辺りを見渡し、苦笑する。「まあ、こんだけ仮装してる奴らが街中にいるんだから、カボチャの頭をした奴が何人いたって不思議じゃねえが」

そのときだった。林の服のポケットの中で携帯端末が振動した。着信のようだ。

画面を見て、

「――あ」と、林は声をあげた。「馬場から電話だ」

「……誰だ、その春日清美っていうのは」

リカルドが眉根を寄せて尋ねた。

「さっき話した、依頼人の娘よ」

馬場の知る春日清美は黒髪のロングヘアだった。だが、目の前の女は金髪だ。化粧も濃い。別人のような雰囲気だったが、一度ホストとして接客した自分には同一人物であることがわかる。おそらく親の前では黒髪のウィッグを被り、優等生を演じているのだろう。

「誘拐された子」

「……誘拐されているようには見えないが」

リカルドが倒れている女に視線を落とし、肩をすくめた。

清美はつい先程までリカルドと元気に戦っていた。誘拐の被害者とは思えない精神状態である。

つまり、清美は被害者ではない。

「たぶん、狂言やったとよ」

「狂言？」

「狂言誘拐。誘拐されたフリをして親に電話して、大金をせしめようとしたっちゃろうね」

清美は加害者だ。自分で身代金を要求し、自らの手で受け取ろうとした。五千万円の入ったケースを手に入れたところで、何食わぬ顔で——犯人に解放された体を装って——親の前に現れるつもりだったのだろう。

だったら、とリカルドは尤もな疑問を口にする。「どうしてこの女が、麻薬の入ったケースを持ってるんだ？」

　あのとき、林は確かにカボチャ頭に身代金を渡していた。このケースの中身が五千万円でないとすれば、話はややこしくなってくる。

「もしかしたら、どこかでケースが入れ替わったっちゃない？」

　たとえば、リカルドが追っていた麻薬の売人と、この春日清美が何らかの形で接触し、互いに持っていたジュラルミンケースが入れ替わってしまった。——そんな滑稽な事故が起こったとすれば、説明がつかないこともない。

　そして、彼女は麻薬の売人と間違われ、リカルドとケースの奪い合いをする破目になった、ということか。

　とにかく、相棒に事件の真相を伝えなければ。馬場は携帯電話を取り出し、電話をかけた。

「——あ、もしもし、リンちゃん。俺やけど」

　林はすぐに出た。

『おい、今どこだ』

「それはこっちの台詞よ」

『俺は店の近くにいる。マルも一緒だ』

「マルさんも？」

なんで、と首を捻る。

『偶然会ったんだよ』

ちょうどいい。馬場は「マルさん、店の近くにおるらしいよ」と、リカルドに声をかけた。

「ここで合流する？」

訊けば、リカルドは「そうだな」と頷いた。

再び林に話しかける。「リンちゃん、マルさん連れてこっちに来てくれん？　今すぐに」

大まかな現在地を伝えてから、馬場は電話を切った。それから、清美を指差して告げる。

「この子はこっちで引き受ける。そのケースはあんたに預けてよか？」

「ああ」

頷き、リカルドは麻薬の入ったケースの中を検めた。

しばらくして、「おい」と低い声を発する。

「どうしたと？」

リカルドは表情を変え、呟くように言った。「……このケース、発信機が付いてるぞ」

『──ついさっき、中洲で発砲事件があったらしくてな、うちの班も駆り出されることになったんだ』

電話の向こうで、重松が残念そうな声色で告げた。

『今日はそっちに行けそうにない。悪いな。ジローに謝っといてくれ』

「オッケー、わかった」

榎田は電話を切った。薄く笑い、「今年も平和に終わらなかったみたいだね」と呟く。

今夜、ジローの店でハロウィンパーティが開かれることになっている。夜の九時頃、悪魔の仮装をした榎田が【Bar.Babylon】のドアを開けると、

「いらっしゃい」

と、店主のジローが準備をしている手を止め、笑顔で出迎えた。どうやら榎田が一

番乗りのようだ。他に人はいなかった。

「あらやだ」榎田の格好をじろじろ眺め、ジローが目を細めた。「可愛いじゃないの、榎田ちゃん」

黒い角に、先端が矢印のような形をした尻尾。手には三叉の小さな槍《やり》。普段なら絶対にしないような格好だが、今日は特別だ。

槍を軽く振りながら、榎田は「どーも」と返した。

「ジローさんは、魔女？」

ジローは大きな三角帽子を被り、黒いマントを羽織っている。

「そう。ミサちゃんとお揃いなの。可愛いでしょ」

店内の飾りつけを手伝っているミサキも、ジローと似たような格好をしていた。帽子にマント、黒いワンピース姿だ。

「……あ、そうだ」

と、思い出す。懐からUSBメモリを取り出し、ジローに手渡した。

「これ、誕生日プレゼント」

まあ、とジローは手で口を覆い、感激したような表情を見せた。「やだぁ、ありがと榎田ちゃん！　……でも、なにこれ」

「今、ジローさんたちが調べてる仕事の情報だよ。こないだ、浮気男の復讐《ふくしゅう》引き受けてたでしょ。その男の素行調査記録が入ってる」

ジローは目を丸めた。

「やだもう、なかなか証拠が集まらなくて苦労してたのよぉ。本当にありがとう、榎田ちゃん。すごく助かるわぁ。………でも、なんでアタシたちが引き受けた依頼の内容知ってるの」

じっとりとした目で睨んでくるジローから、榎田は目を背けた。壁にカボチャのシールを貼る作業をしているミサキに、「ボクも手伝うよ」と声をかける。ミサキからは「いらない、ひとりでできる」という素っ気ない言葉が返ってきた。なんとも可愛げのない魔女っ子だ。

「それにしても遅いわねえ、みんな」

カウンターに手作りのお菓子を並べながら、ジローが眉を下げた。パーティは九時開始の予定だ。いつもなら、その前からぼちぼち人が集まりはじめるのだが、今日はまだ榎田だけである。

「そういえば」と、榎田は伝言を頼まれていたことを思い出した。「重松さん、仕事で来られないんだって。ジローさんに謝っといてって言われたよ」

「まあ、そうなの。残念だけど、しょうがないわね」

「中洲で発砲事件があったらしい」

「あらやだ、物騒」

——まあ、通報したのはボクなんだけど。

コウモリの形をしたココアクッキーを一枚手に取り、口の中に放り込む。「つまみ食いしないで」とミサキに睨まれた。

9回表

なんとも不思議な夜だ、と橋爪は思った。

死ぬつもりだった。生きる希望を失い、人生なんていつ終わっても構わないと思っていた。

それなのに今、橋爪はこんなにも必死になっている。橋爪だけではない。マキもトモヤも同じだ。自殺を志願して集まった三人組が、死に物狂いで中洲の街を疾走している。追っ手から逃げるために。

生きるために、走っている。

「追いつかれるぞ！　急げ！」

橋爪は叫んだ。こんな大声を出したのはいつぶりだろうか。今までの自分では考えられないことだった。

追っ手の黒服たちとの距離は徐々に詰まり、今は10メートルもない。足を緩めればすぐに捕まってしまうだろう。橋爪たちは息を切らしながらも、懸命に走った。日頃の運動不足が祟っているようで、思うように足が動かない。ジムに通って体力をつけた方がいいな、と自殺を考えていた人間らしからぬことを思ってしまい、こんな状況にも拘《かか》わらず笑えてしまった。

橋爪だけでなく、他の二人の体力もすでに限界に達しているようだ。不意にマキの足がもつれ、その場に倒れそうになった。橋爪はとっさに彼女の腕を支えた。トモヤも彼女の逆の腕を手に取った。三人で横に並び、寄り添うような体勢で路地を駆け抜けた。

三人の追っ手はスピードを上げた。対するこちらはいつ足が止まってもおかしくなかった。これ以上は逃げきれないだろうと、橋爪の頭に諦めが過った——そのときだった。

どこからともなく、パトカーのサイレンが聞こえてきた。

さっきの銃撃戦のせいだろうな、と見当がついた。銃声を聞いた誰かが警察に通報したのだろう。あれだけ派手にドンパチしていたのだから当然だ。

サイレンの音はどんどん大きくなってくる。徐々にこちらに近付いてきているようで、これには追っ手たちも焦りを見せていた。「まずい、サツが来る」と声をあげたかと思えば、三人の追っ手は橋爪たちに背を向け、ナイトクラブの方向へと走り去っていった。

地獄のような追いかけっこにようやく終止符が打たれた。静まり返った路地に座り込み、

「……た、助かったぁ」

と、トモヤが呼吸を整えながら呟いた。

よかった、と橋爪も息を吐いた。誰だか知らないが、通報してくれた相手に心から感謝したい気分だった。

だが、安心するには早い。まだ一難去っただけだ。ここで見つかれば、今度は警察と追いかけっこをする破目になりかねない。

「俺たちも逃げよう」

橋爪は鋭い声で告げた。とりあえず、しばらくどこかに身を隠して警察をやり過ごすしかない。

周囲を見渡すと、立体駐車場を見つけた。三人は中に入り、近くにあった車と壁の間に身を滑り込ませた。

並んで腰を下ろし、息を潜める。心臓の高鳴りがなかなか収まらなかった。

　しばらくして、サイレンが遠退《とおの》いていった。ゾンビマスクを剝ぎ取り、三人で顔を見合わせ、表情を緩める。

　トモヤは抱えていたジュラルミンケースを開けると、

「……失敗、したっすね」

　中身を見つめ、ぼそりと呟いた。

　ケースの中には、辛《かろ》うじて拾えた万札が数枚。全部で十万円あればいい方だ。数千万はあったはずの残りの札束は、逃走する間際に店の通路にばら撒《ま》いてしまった。

「……俺のせいで、すみません」

　トモヤは俯き、肩を震わせて泣きだした。大金をぶちまけてしまった責任を感じているようだ。

「いや、気にするな」

　橋爪は彼の肩を叩き、励ましの言葉をかけた。

「命があってなによりだ」

　あのとき――トモヤが撃たれたとき、生きた心地がしなかった。二度目の停電が起こらなかったら、と想像するだけでぞっとしてしまう。

　命の危険にさらされて初めて、生への執着を覚えた。本当に、命があってよかったと心から思う。自分がこんなことを言うなんて思わなかった。自殺を考えていたくせに。笑ってしまう。

「そうだよ」と、マキも首肯した。「全員、無事でよかったじゃない」

たしかに強盗計画は失敗に終わったが、三人とも無事に逃げられた。今はそれで十分だった。

二人の言葉に、トモヤも元気を取り戻したようだ。袖でごしごしと涙を拭い、ようやく笑みを見せた。

「ねえねえ」ケースの中の万札を数えながら、マキが声を弾ませた。「このお金で、美味しいものでも食べに行きましょうよ」

悪くない提案だ。「そうしよう」と橋爪も頷いた。

金をマキに預け、空になったジュラルミンケースの中に三丁の拳銃をしまう。これは手元には置いておけない。一刻も早く凶器を処分しなければ。

「車を取ってこよう。二人はこのまま隠れて待っていてくれ。ついでに、これを那珂川に捨ててくるよ」

ケースを抱え、橋爪は腰を上げた。

9回裏

「――発信機？」

馬場が小首を傾げ、ケースを覗き込んだ。その中に入っていたのは、茶色い粉末だけではなかったらしい。

「これだ」

と、リカルドは蓋の裏側に付いている小さな機械を指差す。

「ヤクの取引の最中、万が一のことがあったときのために、ケースに発信機を付けていたんだろうな。大きな取引で売人がよく使う手だ」

「万が一のことって……ケースを奪われる、とか？」

「まさに今の状況だな」

馬場は発信機を引きちぎるようにして取り外し、その場に捨てた。さらに、上から足で踏もうとしている。

「おい、待て！」

リカルドの制止は間に合わず、馬場は発信機を踏み潰してしまった。小さな機械が粉々に砕けている。

「なにしやがる！」

「これ付けたままやったら、敵に俺らの居場所が知られてしまうやん」

「それでいいんだよ！」

「はあ？」

「これを囮にして、敵を誘《おび》き寄《よ》せるつもりだったんだ！」

「それならそうと早く言ってよ！」

「待てって言っただろうが！」

余計なことしやがって、とリカルドは吐き捨てた。苛立ちを覚え、短い髪の毛を掻きむしる。

すると、

「……ねえ」

と、馬場が声をかけてきた。

「なんだ」

「あんたが探しとる売人って」馬場が指差した。「もしかして、あの人たち？」

指差した方向に、リカルドも視線を向けた。倉庫の入り口付近に人影がちらついている。全部で六人。国籍はバラバラのようだが、どの男も柄の悪い雰囲気を醸し出している。

その集団はぞろぞろと連れ立って歩き、リカルドたちと対峙《たいじ》した。ずらりと並ぶ暴漢たちの姿は、なかなか壮観だ。

物騒な空気が漂う中、リーダー格の男が最初に口を開いた。

「また会ったな、捜査官」

聞き覚えのある声だった。

間違いない、ジェイだ。先刻はカボチャの被り物を被っていたので、顔を見るのはこれが初めてだった。アジア系のようだが、目鼻立ちは日本人離れしている。歳はまだ若そうだ。

「あんたの仕業だったのか」

と、ジェイはリカルドを忌々しげに睨んだ。

「何の話だ？」

「しらばっくれんなよ」ジェイが顔をしかめた。「さっき、俺を車で撥《は》ねやがっただろ」

——車で撥ねた？

リカルドは首を捻った。まったく身に覚えのない話だった。「そうなん？」と馬場に問われ、リカルドは「違う」と否定するほかなかった。

「まあいい」

と、ジェイが鼻で笑った。それから、ジュラルミンケースを一瞥する。

「うちの大事な商品を返してもらうぜ」

ジェイはブラウンシュガーを取り返すために仲間を集めてきたようだ。六人の男たちが、リカルドと馬場をぐるりと取り囲む。

一触即発の雰囲気の中、

「どうすると？」

と、馬場が横目でこちらを見た。

売人の一味は臨戦態勢だ。麻薬を渡さなければ武力行使に出るだろう。数で物を言わせようとしているが、関係のないことだ。相手が何人いようと、こちらの答えは決まっている。

「言う通りにすると思うか？」

リカルドは質問を返した。

相手に従えばＤＥＡ捜査官の名が廃る。口の端を上げて答えると、馬場は「やね」と一笑した。

「巻き込んで悪いな、馬場」

「いや。今日はハロウィンやしね。お祭り騒ぎは大歓迎ばい」

「ハロウィンはそういう行事じゃないんだがな」

この際、細かいことは置いておこう。リカルドと馬場は背中を合わせ、集団に向かって拳を構えた。

「なんだ、やる気か？」

その姿を見て、ジェイが嘲笑《あざわら》う。

「2対6だぞ。勝てると思ってんのか」

そのときだった。集団の中の一人が突然、悲鳴をあげた。直後、地面に倒れ、動かなくなってしまった。気を失っているようだ。

さらに、その隣にいた男も倒れた。こちらも気絶している。

何の前触れもなく二人の男が戦闘不能になった。今の一瞬のうちに、いったい何が起こったというのか。その場にいた全員が目を見張っていると、

「――これで4対4だな」

どこからともなく、キョンシーの仮装をした若者が現れた。倒れている男の体を踏みつけながら、勝ち誇ったような顔で笑っている。


馬場が電話で指定した場所は、ここから然程《さほど》離れていなかった。林はマルティネスを連れて現地へと向かった。

角を曲がり、路地に入る。その先に目的の廃倉庫があった。入り口の手前で、

「――おい」

と、マルティネスが唐突に足を止めた。

「どうした」

「見ろよ、あれ」

マルティネスが中を指差す。

薄暗い廃倉庫の中央に、馬場がいた。マルティネスの友人――リカルドも一緒のようだ。二人は集団に囲まれている。柄の悪い六人の男たちと、とてもじゃないが楽し

く話をしているようには見えなかった。

「なんか揉めてんなぁ」

その光景を見て、マルティネスは苦笑した。

馬場は拳を構えていた。交戦する気満々の馬場に、林は呆れて肩をすくめた。「しようがねえな、加勢してやるか」

「だな」

せっかく怪我が治りかけているというのに、また傷が悪化したら困る。無茶をしないうちに助太刀してやろう。林とマルティネスは気配を消し、背後からそっと敵に接近した。

馬場たちの会話が聞こえてくる。

「なんだ、やる気か？」

と、リーダー格の男が言った。

「2対6だぞ。勝てると思ってんのか」

林は手前にいた男に忍び寄り、後ろから肩を叩いた。男が振り返った瞬間、思い切りその顔面に拳を叩き込む。

男はその場に倒れ、動かなくなった。

隣に視線を移すと、ちょうどマルティネスが別の男を伸《の》しているところだった。二人が倒れた。残りは四人。地面に倒れた男の体を踏みつけながら、

「これで4対4だな」

と、林は口の端を上げた。

そこからは、乱闘となった。

林に襲い掛かってきたのは、四人のうちで最も小柄な男だった。身長もリーチも同じくらいだろう。男はナイフを取り出し、切っ先をこちらに向けた。

林も懐から得物を取り出そうとしたが、

「大事な証人だ、殺すなよ！」

と、リカルドが——別の男の攻撃に応戦しながら——叫んだ。

「またかよ」と林は舌打ちした。前にもそんなことを言われた気がする。

渋々ナイフをしまい、相手を注視する。得物を振り回しながら、男が距離を詰めてきた。その動きに合わせて、林は後退《あとずさ》った。

男がナイフを振り下ろしたタイミングで、林は相手の掌を蹴り上げた。攻撃が命中し、その衝撃でナイフが遠くへ弾《はじ》き飛《と》ばされた。

丸腰になった男は、今度は大きく踏み切り、飛び蹴りを繰り出した。林は両手をク

ロスさせてその攻撃を防いだ。だが、勢いを殺しきれず、林の体は後ろの壁にぶつかった。顔をしかめながら態勢を立て直す。男の大振りな拳を躲してから、相手の背後に回り込む。

男の腰に前蹴りを食らわせる。今度は相手が勢い余って壁に激突した。隙が生まれたところで、一気に攻撃を畳みかける。腹を一発殴ると、男の体がくの字に折れた。前かがみになった相手の頭に、勢いよく飛び膝蹴りをお見舞いする。

男はふらつき、地面に膝をついた。立ち上がろうとする相手の側頭部に、林は思い切り拳を叩き込んだ。

男はその場に倒れ、微動だにしなくなった。

気絶していることを確かめてから、

「こっちは終わったぞ」

と、林は他の三人に声をかけた。

マルティネスに襲い掛かってきたのは、四人の中で最も大柄な男だった。日本人のようだが、体格は外国人の自分と然程変わらない。腕っぷしに自信があるようで、男は丸腰のままこちらに突進してきた。

男が拳を握り、大きく振り下ろす。マルティネスはとっさに右に移動し、攻撃を躱した。男の拳は、マルティネスの背後にあったシャッターに直撃した。見れば、シャッターが少し凹《へこ》んでいる。なかなかの怪力のようだ。

男は姿勢を低くしてマルティネスの腰に腕を巻きつけた。そのまま引き倒そうとしている。だが、100キロ近い巨体はそう簡単には倒れなかった。マルティネスはその場に踏ん張り、肘で相手の脳天を攻撃した。
二、三度殴ると、さすがに相手も離れた。――と同時に、右の拳が飛んできた。マルティネスはそれを掌で受け止め、左の拳で相手の顔面を狙った。今度は相手がそれを受け止める。
そのまま二人は取っ組み合いになった。力が拮抗《きっこう》し、互いの動きが止まった、そのときだった。

どこからともなくナイフが飛んできた。

目の前に転がった凶器を、マルティネスは足で払おうとした。だが、そのときにはもう遅かった。男が左手を離し、ナイフを拾い上げた。

とっさにマルティネスも手を離し、相手から距離を取った。ほぼ同時に、男がナイフを振り回す。危ないところだった。あと一秒遅かったら、腹を切り裂かれていただろう。

「おい、ずるいぞ」

マルティネスは口を尖らせたが、男は構うことなく刃物を構えている。マルティネスの胸元を、相手がナイフで突こうとした。マルティネスは攻撃を避けず、正面から迎え撃つ。相手の腕を掴み、強く捻り上げた。男の掌から得物が落ちたところで、そのまま背後に回り込み、男の首に腕を回す。前腕で喉を締め上げると、男は四肢をばたつかせ、悶《もだ》え苦しんでいた。

しばらくして、抵抗が止んだ。男が失神したようだ。

力の抜けた体をその場に放り捨てたところで、

「こっちは終わったぞ」

林の声が聞こえてきた。

「こっちもだ」

と返してから、

「おい、林」地面に落ちているナイフを拾い、マルティネスは尋ねた。「これ、お前のか？」

「いや、違う。こいつの」

と、林は傍で伸びている小柄な男を指差した。

馬場の相手は、外国人風の男だった。肌が浅黒く、顔つきが濃い。中東か中南米辺りの出身だろう。体格はそれほど大きくはなく、馬場よりも小柄に見えるが、筋肉質な体型だった。

リーチでは馬場に分があるが、相手は武器を持っている。廃倉庫に転がっていた鉄パイプを拾い、右手に構えた。60センチほどの長さで、先端が曲がった形状をしている。

男はそれを左右に振り回しながら距離を詰めてきた。殺傷能力は銃火器や刃物には劣るが、それでも急所を殴られたらただでは済まないだろう。ブン、と風を切る音は鋭く、リストの強さが窺える。いいバッターになりそうやね、などという余計なことを考えながら、馬場は攻撃を避け、後退した。

いつまでも逃げているわけにはいかない。反撃の機会を窺うも、相手に隙はなかった。間髪を容《い》れず、次から次へと攻撃を畳みかけてくる。

こちらから仕掛けて隙を作るしかなさそうだ。馬場は左腕に巻いている包帯を外した。ミイラ男の衣装のひとつだ。

包帯の両端を左右の掌に巻き付け、ぐっと握る。頭めがけて男が振り下ろした鉄パイプを、馬場はその包帯で受け止めた。

すばやく右手で円を描き、鉄パイプに包帯を巻きつける。相手の武器の自由を奪ったところで、馬場は両腕を力いっぱい後方へ引っ張った。包帯の輪が鉄パイプの先端に引っかかり、男の腕から武器がすっぽ抜ける。鉄パイプはそのまま勢いよくどこかへ飛んでいった。

丸腰になった相手に、馬場は拳を振るった。相手も素手で応戦する。ここからは肉弾戦だ。相手のパンチを右腕で防いだ直後、男の右頰に左の拳を叩き込む。

ふらつき、男がバランスを崩した。ガードが空いた隙に、馬場は止《とど》めを刺した。鳩尾を拳で強く突き上げると、男は小さく呻き、その場に倒れた。

落ち着いたところで、

「こっちは終わったぞ」

「こっちもだ」

林とマルティネスの声が聞こえてきた。

「こっちも片付いたばい」

と、馬場は二人に声をかけた。


「お前が商売してる組織のこと」ジェイを睨みつけ、リカルドは告げた。「洗《あら》い浚《ざら》い吐いてもらうぞ」

リカルドの言葉を、ジェイは軽く笑い飛ばした。地面に置かれたジュラルミンケースをちらりと見遣る。「俺はそいつを迎えにきただけだ。お前らに捕まる気は毛頭ないね」

「逃げられると思ってんのか」

「お前こそ、捕まえられると思ってんのか。一度逃げられたくせによ」

かちんときてしまった。たしかに先刻は取り逃がしてしまったが、あれはそもそも停電のせいだ。二度目はない。

安い挑発に乗ってしまったことを反省しつつ、リカルドは長く息を吐いた。冷静さを取り戻した頭でジェイに向き直った、その瞬間——ナイフを取り出して応戦しようとするキョンシーの姿が、リカルドの視界に映った。

それと同時に、ジェイが襲い掛かってきた。

「大事な証人だ、殺すなよ！」

ジェイの攻撃を避けながら、リカルドは叫んだ。

キョンシーの仮装をしたその殺し屋は、殺気の滲む眼差しを引っ込め、「またかよ」と不服そうな声で言った。いくらグレーな仕事の多い潜入捜査官の身であっても、目の前で殺しをされては困る。全員生きたまま拘束し、尋問にかけなければならない。

周囲に気を取られている間に、ジェイが次の攻撃を繰り出した。逆の拳がリカルドの脇腹にめり込んだ。

リカルドは痛みに顔をしかめた。前傾した体に、今度は蹴りが飛んでくる。とっさに腕で防いだが、その反動でリカルドは弾かれ、地面に転がった。

すぐに起き上がろうとしたが、相手が上から圧し掛かってきた。体重をかけられ、身動きができないでいるリカルドを前に、ジェイがにやつく。

くそ、とリカルドは悪態をついた。

直後、相手は武器を取り出した。忍ばせていたサバイバルナイフを逆手に握り、ジェイが「じゃあな、捜査官」と囁く。

リカルドはもがき、抵抗した。このままではまずい。殺される。林には「殺すな」と釘《くぎ》を刺したが、手加減している場合ではなかった。なんとか攻撃を防ごうと、携帯している拳銃に手を伸ばす。

だが、相手の方が先に動いた。リカルドの胸元に、ジェイがナイフを振り下ろそうとした——そのときだった。

どこからともなく、鉄パイプが飛んできた。

曲がった先端がジェイの側頭部に直撃し、ゴンッと鈍い音を立てた。

かなりの衝撃だったようだ。今度はジェイが倒れた。手で頭を押さえ、呻き声をあげている。

リカルドはすぐに拘束から抜け出した。立ち上がろうとするジェイの頭部に、思い切り回し蹴りをお見舞いする。再びジェイは頽《くずお》れ、その場に大の字になって倒れた。

なんとか制圧できたようだ。リカルドは息を吐いた。気絶しているジェイに手錠を掛けていたところ、

「こっちは終わったぞ」

「こっちもだ」

「こっちも片付いたばい」

と、仲間たちの声が聞こえてきた。

「この鉄パイプ、誰のだ？」

地面に転がっている鉄パイプを指差し、リカルドは尋ねた。

「ああ、それね」馬場が苦笑を浮かべる。「この人の。さっき、俺が投げ飛ばしてしまったっちゃん」

「そうか。おかげで助かった」

というリカルドの言葉に、馬場はきょとんとしていた。


「——で？」

倒れている六人の男を拘束したところで、林は尋ねた。

「何者なんだよ、こいつら」

「麻薬の売人グループだ」手錠を掛けられた男たちを見下ろし、リカルドは簡潔に答えた。「俺が追ってる組織と繫がってる」

話によると、リカルドと馬場はたまたま鉢合わせし、売人グループと一戦交えることになってしまったようだ。

その場に倒れているのは売人の一味だけではなかった。金髪の若い女がひとり横たわっている。よく見れば、知っている顔だった。「あ」と、林は目を剝いた。

「こいつ、春日清美じゃん」

髪型は普段と違うが、間違いない。

どういうことだ、と林は首を捻った。誘拐されたはずの清美が、なぜこんなところにいるのだろうか。

「なんかね、狂言誘拐やったみたいよ」

と、馬場が説明した。

「狂言誘拐？」

「誘拐されたフリをして、親に身代金を要求しとったと」

「あのホストに貢ぐためか？」

「やろうね」

要するに、すべて自作自演だったわけか。月三十万もの小遣いでも満足できず、五千万円もの大金を親から巻き上げようとしたようだ。

まさか、身代金を渡した相手が、誘拐された本人だったとは。

なんて女だ、と呆れてしまう。林はため息をついた。「とんだ茶番に付き合わされたな」

なにはともあれ、これで事件は解決だ。あとはこの女と報告書を依頼人に突き出せば、今回の仕事は完了。

林は腕時計で時刻を確認した。ジローの店のハロウィンパーティはとっくに始まっている。「早く片付けて、店に行こうぜ」

「そうやね」

馬場も頷いた。

「こいつらは俺たちが引き受ける」男たちを一瞥し、リカルドが言った。「その女は好きにしてくれ」

「了解」

清美は馬場に運ばせることにした。気絶している清美の体を、馬場は軽々と両手で抱え上げた。

マルティネスとリカルドの二人とは、ここで別れた。マルティネスとは後々パーティで顔を合わせることになるだろうが。

倉庫を出て、ミニクーパーを停めた駐車場へと向かう。

その途中で、

「あっ！」

ふと思い出し、林は叫んだ。

「どうしたと？」

「そうだ、プレゼント！」

嫌な予感が過り、林は慌てて衣装のポケットに手を突っ込んだ。小さな箱を取り出す。その中には、ジローへの贈り物が入っている。腕時計だ。

恐る恐る箱の蓋を開けたところで、

「あーっ！」

と、林は再び叫んだ。

時計の風防部分のガラスが割れていた。

箱の中を覗き込み、馬場が「あらら……」と気の毒そうな声をあげる。

「いつ割れたと？」

「たぶん、さっき蹴られたときだと思う」

記憶を掘り起こす。男に蹴られた拍子に、林は壁に激突した。結構な衝撃だった。おそらくあの瞬間にひびが入ってしまったのだろう。

林は頭を抱えた。「くそ、ジローのプレゼントが……」

最悪だ、と項垂《うなだ》れる。

今から修理している時間も、新しいプレゼントを選びに行く時間もない。せっかく用意したのに、と肩を落としていると、

「大丈夫、大丈夫」

と、馬場が笑った。

なにが大丈夫なんだ。暢気なこと言いやがって。林は馬場を見上げ、口をへの字に曲げた。

愛車のミニクーパーは中洲の駐車場で健気《けなげ》に主人を待っていた。気を失っている清美を運び、後部座席に寝かせる。

馬場は運転席に、林は助手席に座った。

エンジンをかけ、車を発進させる。向かうは大濠にある依頼人の自宅だ。不届きな娘を送り届けなければならない。

しばらく車を走らせていると、清美が目を覚ました。

気怠《けだる》げに体を起こしてから、辺りを見渡して眉をひそめた。「……ここ、どこ？」

「やっと起きたか」

林がミラー越しに清美を見た。

清美の眉間の皺が深くなる。「誰よ、あんたたち」

「お前の親に雇われた探偵だ」

「……はあ？　探偵ぇ？」

「これ、お前の素行調査の報告書」

と、林は半ば放り投げるようにして、紙の冊子を清美に渡した。その中には、彼女の交友関係や日々の行動が事細かに記されている。大学生活はもちろん、ホストクラブで豪遊している姿や、男とホテルに入っていく瞬間も、しっかり写真付きで記載してあった。

報告書に目を通した途端、清美の顔色が変わった。

「ちょっと、なによこれ」

目を剝き、声を荒らげている。

「これ、うちの親に見せるつもり？」

「それが仕事だからな」林が平然と答えた。「お前を送り届けて、その報告書を渡したら、報酬がもらえる」

ふざけんな、と清美は怒鳴った。

次の瞬間、清美は報告書を破り捨ててしまった。細かく千切られた紙の破片が車内に舞い散る。それを見て、「あー、もう。なんてことするとよ」と馬場はため息をついた。

「掃除が大変やんか」

「それはコピーだ。原本はこっち」

林はもうひとつの冊子を取り出し、にやりと笑った。

「狂言誘拐なんて悪事を企てる不良娘には、しっかり反省してもらわねえとな。きっちり親に怒られてこい」

清美は悔しそうに顔を歪めている。視線を外し、不貞腐《ふてくさ》れた顔で窓の外を見た。

延長10回表

裏カジノ強盗は失敗した。

大金を強奪して生活を立て直すつもりだったが、やはり人生そう上手くはいかないようだ。

だが、これでよかったのかもしれない。

拳銃が入っているジュラルミンケースを抱えて夜道を歩きながら、橋爪は物思いに耽《ふけ》った。さて、これからどうしようか。三人で美味しいものを食べに行くことになったが、これが最後の晩餐《ばんさん》となるのだろうか。それとも、また別の強盗計画を立てることになるのだろうか。いずれにしろ、他の二人と相談しなければならないだろう。ここまできたら一蓮托生《いちれんたくしょう》。罪を犯すのも命を絶つのも、三人一緒でなければ。

そうこうしているうちに、煌々《こうこう》とした明かりが見えてきた。コンビニ店の周囲には、相変わらず仮装した若者たちが屯していた。店で買った缶ビールを呷りながら馬鹿騒ぎをしている集団を後目に、駐車場を歩く。

端のスペースに停めていた黒いワゴン車——橋爪は自分の車を見つけ、ドアの鍵を開けた。

運転席に乗り込もうとしたところで、

「——おい」

と、不意に声をかけられた。

驚き、橋爪は声のした方を振り返った。若い男が立っている。だが、ようすがおかしい。目の焦点が合っていないようだ。男は落ち着きがなく、妙にそわそわしながら口を開いた。

「……あ、あんたがジェイだよな？」

——ジェイ？

橋爪は心の中で首を傾げた。

何の話だ、とこちらが口を開くよりも先に、相手が言葉を発した。

「待ってたぜ」腕時計を見て、男が言う。「五分遅刻だぞ」

いったい何のことだろうか。

さっぱりわからなかったが、男は構わず話を進めていく。橋爪が抱えているジュラルミンケースに視線を移し、「持ってきてくれたんだな」と笑みを見せた。

その男も、同じような色と形のケースを持っていた。「約束の金だ」と橋爪の足元にそれを置いた。

直後、男は橋爪が持っていたケースをひったくるようにして奪い、「それじゃ」と言い残して立ち去ってしまった。橋爪が呼び止めても、男は足を止めなかった。車に乗り込み、エンジンをかけた。

車で走り去る男を見つめながら、橋爪は呆然となった。

——何だったんだ、今のは。

なにがなんだか、さっぱりだ。ジェイとはいったい誰のことなのだろうか。新手のひったくりだろうか。

ケースを奪われてしまった。あの中には拳銃が入っている。これはまずいことになった。中身を見られたら大変だ。橋爪の額に冷や汗が滲む。一刻も早く取り返さなければ、と車に乗り込もうとしたところで、もうひとつのジュラルミンケースの存在を思い出した。

男が残したこの荷物。これはいったい何なんだ。足元に置かれたケースに、恐る恐る手を伸ばす。

ケースを開けて、橋爪は仰天した。

中には、大金が入っていた。

思わず声をあげてしまった。信じられなかった。橋爪はケースを抱え、すぐに車に乗り込んだ。

居ても立っても居られなかった。

車を飛ばし、立体駐車場の前に移動する。そこで待機していたトモヤとマキを拾った。

車を発進させてから、後部座席に乗り込んだ二人に声をかける。「そのケースを開けてみてくれ」

中身を見て、「えっ」と二人は言葉を失った。

「なにこれ、五千万くらいあるじゃん」

「どうしたんすか、こんな大金」

「わからない」

という橋爪の言葉に、二人は怪訝そうな顔をした。だが、わからないとしか答えようがなかった。

「コンビニで、知らない男に渡された。誰かと勘違いしてるみたいだった」

「……信じられない」マキが口を手で覆った。「こんな奇跡みたいなこと、ある？」

トモヤの声が震えていた。「……生きててよかったっすね」

そうだな、と橋爪は呟いた。

生きててよかった。まったくだ。

「この金で、人生をやり直そう」

橋爪の言葉に、二人は何度も頷いた。


家に帰りつくまで待てなかった。

もう限界だった。帰路の途中で、早川は車を止めた。路肩に駐車し、待ち合わせ場所のコンビニで受け取ったジュラルミンケースを手に取る。

やっと商品が手に入った。ジェイには五千万円を前払いした。これで当分はヤク切れに苦しむことはないだろう。

興奮を覚えながらケースを開けたところで、

「……は？」

早川は硬直した。

「な、なんだよ、これ……」

目を疑った。唖然とした。

ケースの中身は、ブラウンシュガーではなかった。コカインでも覚醒剤でも、MDMAでもない。

――拳銃だ。

三丁の自動拳銃。早川は震える指でその黒い塊を手に取った。いったいどういうことだ、これは。俺のヤクはどこだ。

ふざけるな、と思った。

ジェイに抗議の電話をかけようとしたところで、不意に、車の窓をノックする音が聞こえてきた。

「すみません、ちょっといいですか」

背広姿の二人の男が、窓越しにこちらを覗き込んでいる。年上の男が「警察の者ですが」と身分証を見せてきた。

まずい、と早川は焦った。

よりにもよって、こんなときに職質に遭うなんて。早川はとっさに持っていたケースを足元に隠した。

「この辺で事件があって、お話を聞いて回ってるんです」

車を降りるように促され、早川は渋々従った。

「……あの、事件って？」

尋ねると、若い刑事が答えた。「発砲事件です。銃声のような音を聞いていませんか？」

「さ、さあ」

目が泳いでしまった。

発砲。銃声。――一気に汗が噴き出した。

数分前の自分なら、心当たりはなかった。素知らぬ顔をできていた。だが、今は違う。その事件とどういう関係があるのかは知らないが、自分は拳銃を持っている。

――まずい、まずい、まずい。

早川はパニックに陥った。

知らない男の物だと説明したところで、信じてもらえるわけがない。たとえ信じてもらえたとしても、そこに至る経緯を説明しなければならなくなる。麻薬の取引をしようとしていたことを。どちらに転んでも、最悪の結果が待っているのだ。

早川は職務質問を受けた。名前と生年月日、職業を訊かれた。身分証の提示を求められ、財布から免許証を取り出した。

早く終われ、と心の中で必死に祈っていた、そのときだった。

「重松さん、見てください」

車の中を調べていた若い刑事が鋭い声をあげた。

ついにジュラルミンケースが見つかってしまった。ケースの中から出てきた拳銃に二人の刑事は顔を見合わせ、目を丸めている。

早川は愕然《がくぜん》となった。終わった、と思った。

重松と呼ばれた年上の刑事が、早川ににっこりと微笑《ほほえ》みかける。

「早川さん、ちょっと署までご同行いただけますか」

有無を言わさぬ口振りだった。

延長10回裏

清美を春日家まで送り届けた馬場と林は、彼女の両親に事情を説明した。調査報告書も渡した。目を通した父親は顔を真っ赤にして憤っていた。さすがの清美も、いつものふてぶてしい態度を引っ込め、リビングのソファの上で縮こまっていた。これでさすがに懲りただろうな、と林は思った。

一度、事務所に戻り、タクシーを拾ってジローの店へと向かう。【Bar.Babylon】にはすでに豚骨ナインのメンバーが集まっていて、ハロウィンパーティは盛り上がっていた。

ドアを開けると、

「やあ、いらっしゃい」

と、榎田が二人に声をかけた。トレードマークのマッシュルームヘアからは黒い角が生えていて、三又の槍を手に持っていた。

普段と違う格好をしている情報屋をじろじろと眺めてから、林は尋ねた。「お前、それ何の仮装？　虫歯？」

「悪魔だよ」

榎田はむっとした。

マルティネスもすでに店に来ていた。先程と同じマスクを被っている。林と馬場を見つけるや否や、片手を上げて「よう、お疲れ」と労《いたわ》った。

「そっちも終わったのか」

「ああ」

「忙しい夜やったね」

「まったくだ」

残念ながら重松と源造の二人は仕事で来られなかったようだが、その他は顔を揃えていた。マルティネスの隣の席には、吸血鬼の格好をした大和が座っている。「なにかあったんすか」と大和が会話に口をはさんだ。「いろいろ大変だったんだよ」とマルティネスが愚痴っぽく答えている。

手前にあるテーブル席には、死神がいた。黒いローブをまとい、大きな鎌を持っている。顔には骸骨の面のようなものを付けていた。

「……誰?」

林が尋ねると、

「僕です」

という、くぐもった声が返ってきた。

「ああ、先生か」

佐伯だった。仮装をしていると誰が誰だかわからないな、と思う。

「あっ、二人とも遅いですよ! 何やってたんですかぁ!」

と、酔っ払いのテンションで絡んできたのは、斉藤だった。大きなカボチャの被り物を被っている。

林はげっそりした顔で告げた。「……俺、今日はもうカボチャの顔見たくないんだけど」

「えっ、なんでですか!」

斉藤に背を向け、カウンター席に腰を下ろすと、

「いらっしゃい」魔女の格好をしたジローとミサキが、カウンター越しにドリンクを差し出した。「あら、可愛いキョンシーちゃんね」

「悪い、遅くなった」

「賑わっとるねえ」

「馬場ちゃんはミイラ男？　よく似合ってるじゃないの」

「……やけん、この格好に似合う似合わんとかあると？」

カウンターの上には色とりどりのお菓子が置かれている。大きなパンプキンパイに、カボチャやコウモリの形をした二色のクッキーなど、ジローたちの力作が並んでいた。

「すげえな、これ全部手作りか？」

「そうよ。いっぱい食べてね」

どれも美味そうだが、中には変わり種もあるようだ。

「このクッキー、何味なと？」

可愛らしい幽霊の形をしたクッキーを指差し、馬場が尋ねた。生地の中には赤いつぶつぶが混じっている。

「それは、ふくやの明太子《めんたいこ》味よ」ジローが片目をつぶった。「ミサちゃんが、馬場ちゃんのために作ったの」

口の中にクッキーを放り込み、馬場は「うまかぁ」と破顔した。

「ありがとね、ミサキ」

馬場が小さな魔女の頭に手を乗せる。ミサキはまんざらでもない表情を浮かべていた。

「――あ、そうだ」

と、林は思い出した。

「ジロー、誕生日おめでとう」

小さな箱を取り出し、カウンターに置くと、

「一応、プレゼントも用意してたんだけどさ」林は項垂れた。「さっき、戦ってるときにぶつけちまって、こんなことに……」

中身は腕時計だ。だが、文字盤のガラスが真っ二つに割れてしまっている。

「ごめん。また新しいの用意するから」

頭を下げると、

「なに言ってるのよ」と、ジローは笑い飛ばした。「プレゼントなら、もうもらってるわ。この時計、林ちゃんが選んでくれたんでしょう？　そうやって、お店で悩んでくれた時間が、なによりも嬉しいわよ」

それに、と続ける。

「今日、こうしてここに来てくれたじゃない。それだけで十分よ。その人のために時間を使うことが、立派なプレゼントになるんだから」

ジローは「だから、今日はいっぱい楽しんでってね」と目を細めた。

林も笑顔を返した。

ドリンクを手に、奥のテーブル席に座る。隣に馬場が腰かけた。

仮装した豚骨ナインの楽しげな表情――その半数は顔が見えない状態ではあるが――を眺めながら、林は口を開いた。

「プレゼントってのは、金をかければいいってもんじゃないんだな」

ジローの言葉を反芻《はんすう》し、呟くように言う。

「そうやね」

馬場が隣で頷いた。

「特に、俺たちはいつまで一緒におられるか、わからんけんね」

たしかにな、と林は思った。

皆、裏稼業の人間だ。いつ別れが来てもおかしくない。ずっとこうして楽しい時間を過ごしていられる保証はなかった。

「お前らがしょっちゅう飲み会してんのは、思い出を作るためなのか？」

「まあ、そういうことやね」

「嘘つけ」疑いの眼差しを向け、林は笑った。「ただ、楽しいからだろ」

「それもある」馬場も笑った。

いつまでも、こうして皆で笑い合って過ごせたらいいのに、と思った。そんな夢のような、腑抜けたことを考えてしまった自分に笑ってしまう。殺し屋の言葉とは思えない。数年前の自分が聞いたら呆れ返ってしまうだろう。

だが、それでもよかった。

自分は、この街にとっくに毒されてしまっている。パーティを楽しむ仲間たちの姿を眺めながら、林は思った。この光景を守るためなら、何でもする。いくらでも戦える。

彼らと共に過ごす瞬間が、自分は好きなのだと気付いた。

ドリンクを飲み干してから、

「……お前、来月誕生日だったよな」

と、林は口を開いた。

「そうやけど？」

「パーティやろうぜ」にやりと笑い、提案する。「みんなで集まって、酒飲んで、今日みたいに馬鹿騒ぎしよう」

林の言葉に、馬場は目を細めた。「いい考えやね、それ」

ハロウィンの宴《うたげ》はしばらく終わりそうにない。

「おい、斉藤が倒れたぞ！」

「やだもう、斉藤ちゃん飲みすぎよぉ」

「……ジローちゃんがテキーラ飲ませるから」

「被り物外せ！　ゲロが喉に詰まって死ぬぞ！」

「救急車呼んだ方がいいっすか？」

「佐伯先生、診てやってよ」

「僕、専門外なんですが……」

「死神に診せるな！　縁起悪い！」

騒ぎ立てる仲間たちを眺めながら、林は声をあげて笑った。

ヒーローインタビュー

十一月になってから、榎田は橋爪の焼き鳥屋を訪れた。

平日の夜にしては客も多く、予約席以外は満席状態だった。その予約席は榎田のために用意されたカウンター席だ。

店の中では、店主の橋爪の他に、二人の若い従業員が忙しく動き回っている。

「トモ、お客さん席に案内して！」

「うっす！」

「マキちゃん、これテーブル一番さんにお願い！」

「はい！」

飛び交う威勢のいい会話に耳を傾けながら、榎田はいつもの席に腰をかけた。橋爪がすぐにビールを差し出す。

「榎田さん、いらっしゃい」

「繁盛してるじゃん」

笑みを浮かべ、

「先日はありがとうございました」

と、橋爪が頭を下げた。

ハロウィンの日、橋爪には仕事を頼まれていた。時間通りに電気系統をハッキングしてビルを停電させ、裏カジノ強盗の手助けをした。今日はその礼を兼ねて、ただ酒を飲ませてもらうことになっている。

「おかげさまで、店を続けられることになりました」

榎田は小声で尋ねた。「強盗は失敗したのに？」

橋爪は一瞬、目を丸くした。数拍置いてから、腑に落ちたような顔で笑う。「やはり、二度目の停電もあなたの仕業でしたか」

あの夜、榎田がハッキングしていたのはビルの電気系統だけではなかった。ナイトクラブ【10thousand】の防犯カメラにも侵入し、店内のようすを監視していた。フロア全体はもちろん、裏カジノに繋がる通路も。あの日の彼らの動きは、榎田にはすべて筒抜けだった。彼らが逃走する際にピンチに陥ったときも、監視カメラで一部始終を盗み見ていたわけだ。

「あれはサービス」榎田は笑い飛ばした。「気にしないで」

橋爪たちを助けるために、自ら勝手にやったことだ。恩を着せるつもりはない。

「あなたのおかげで命拾いしました」と、橋爪は頭を下げた。

あのとき榎田が機転を利かせて二度目の停電を起こさなければ、彼の仲間は撃たれて死んでいただろう。

あの日、強盗計画は残念ながら失敗した。大金は手に入れられなかったはずだ。それにも拘わらず、橋爪はこうして店を続けている。

「金の工面はどうしたの？」

訊けば、橋爪は複雑な表情を浮かべた。

「実は、知らない人にもらったんです」

「……は？　もらった？」

「はい」

「いくら？」

「五千万です」

そんな都合のいい話があるだろうか。冗談かと思ったが、橋爪は真面目な顔で「宝くじに当たったような気分でした」と言った。

彼の話によると、あの夜、いきなり男に五千万円の入ったジュラルミンケースを渡されたそうだ。

最初は、仲間三人で大喜びした。だが、時間が経つにつれて徐々に罪悪感が芽生えはじめた。三人で話し合い、持ち主を探すか警察に届けた方がいいという結論になったそうだが、予想外の事態が起こった。その次の日のニュース番組で、銃刀法違反の罪で逮捕された男が、その五千万円の持ち主と同じ顔をしていたのだ。キャバクラの従業員で、早川という名前だった。男の写真とともに、薬物使用の余罪もあると報じられていたという。

早川はすでに警察によって拘留されている。五千万円を持ち主に返すことは叶《かな》わなかった。だったら、この金は借りておくことにしよう、と橋爪は思った。この五千万円で店を立て直し、いつか出所した早川に借金を返そうと考えたそうだ。

「生きていたら、いいこともあるんですね」

なにはともあれ、その五千万円のおかげで橋爪は店を畳まずに済んだわけだ。不思議な巡り合わせである。

どういう経緯だとしても、行きつけの店が閉店せずに済んだのは、榎田にとっては喜ばしいことである。

ビールを飲み干し、榎田は「ごちそうさま」と席を立った。

「もうお帰りですか」

橋爪が眉を下げた。

「せっかくですから、ゆっくりしていってくださいよ。今日は店の驕《おご》りですし」

「他のお客さんが待ってるから」と、榎田は外に目を向けた。店の前には数人の列ができている。長居をするわけにもいかない。ビールを一杯だけご馳走《ちそう》になり、「今日はありがと。また来るよ」と背を向ける。

その直後、橋爪に呼び止められた。

「あの、榎田さん。ひとつ訊いてもいいですか」

「なに？」

「うちの店、地元の有名なタレントがＳＮＳで紹介してくれたんです。それがきっかけで、こんな風にお客さんが増えはじめて……」

「へえ、よかったじゃん」

「もしかして、これも榎田さんの仕業ですか？」

榎田は一瞬、黙り込んだ。それから、歯を見せて笑った。「買い被り過ぎだよ。ハッカーは魔法使いじゃないんだから」

橋爪も笑みを返した。「……そうですよね」

店を出た榎田の背中に、「ありがとうございました！」と二人の従業員が笑顔で声をかけた。

GAME　SET

あとがき

２０１４年2月25日に第一巻が発売されてから、この『博多《はかた》豚骨《とんこつ》ラーメンズ』シリーズは7周年を迎え、巻数も二桁に到達することができました。ものすごく有難《ありがた》いことです。まずはじめに、ここまで支えてくださった読者さまに心より御礼申し上げます。また、一緒に作品を作っている担当編集さま、イラストレーターの一色箱《いちいろはこ》さまにも、大変お世話になりました。本当にいつもありがとうございます。

10巻——続編を書くのに四苦八苦していたデビュー当時の自分からしてみれば、信じられない数字です。過去の著作を改めて振り返ると、「いろいろ書いてきたんだなぁ」と感慨深い気持ちになってしまいますが、この七年はびっくりするくらいあっという間に過ぎ去っていったので、未《いま》だに心は新人気分のままでございます。いつまで経《た》ってもなかなか成長しないことが悩みではありますが、このまま初心《しょしん》を忘れずこつこつと精進してまいりたいと思います。

さて、本作は10冊目（厳密には短編集含めて11冊目ですが）の記念巻ということで、お祭り気分になれるお遊び回のストーリーにしてみました。個人的には、お気に入りのあのキャラを再びゲスト出演させることができて楽しかったです。ハロウィンが舞台ですので、いつもと違った馬場たちの姿も味わっていただけるのではないかと思います。皆さまに少しでも楽しい時間を提供できましたら幸いです。いろいろと大変なこともあるとは存じますが、読者さまにハッピーな出来事が訪れ、２０２１年がハッピーな一年になりますよう願っております。

10巻に到達いたしましたが、まだまだこの『博多豚骨ラーメンズ』シリーズを続けていけるよう頑張りたいと思っております。また、今年は新作にも挑戦し、一味違った作品もお届けできたらいいなと思います。引き続き応援していただけましたら嬉《うれ》しいです。今度とも何卒《なにとぞ》よろしくお願い申し上げます。

木崎《きさき》ちあき

＜初出＞

本書は書き下ろしです。

この物語はフィクションです。実在の人物・団体等とは一切関係ありません。

メディアワークス文庫

博多《はかた》豚骨《とんこつ》ラーメンズ10

木崎《きさき》ちあき

2021年2月25日　初版発行
2024年11月15日　5版発行

発行者　山下直久
発行　株式会社KADOKAWA
〒102-8177　東京都千代田区富士見2-13-3
0570-002-301（ナビダイヤル）
装丁者　渡辺宏一（有限会社ニイナナニイゴオ）
印刷　株式会社KADOKAWA
製本　株式会社KADOKAWA

●お問い合わせ
https://www.kadokawa.co.jp/（「お問い合わせ」へお進みください）
※内容によっては、お答えできない場合があります。
※サポートは日本国内のみとさせていただきます。
※Japanese text only

※定価はカバーに表示してあります。

Printed in Japan
ISBN978-4-04-913642-5 C0193

メディアワークス文庫　https://mwbunko.com/

本書に対するご意見、ご感想をお寄せください。

あて先
〒102-8177　東京都千代田区富士見2-13-3
メディアワークス文庫編集部
「木崎ちあき先生」係